LA RUMEUR DU SOIR

Jacques Mazeau

LA RUMEUR DU SOIR

FRANCE LOISIRS
123, boulevard de Grenelle, Paris

Édition du Club France Loisirs, Paris,
avec l'autorisation des Éditions Balland.

ISBN : 2-7242-4083-9.

Déjà une dizaine d'années se sont écoulées depuis le jour où je croyais clore cette porte de la ferme pour la dernière fois.

Tout a changé.

Les herbes ont envahi la cour et recouvert le perron du bâtiment d'habitation. Les lézardes de la façade se sont élargies et laissent apparaître les pierres recouvertes d'un lichen gris, « la fiente de la bise » comme on dit ici.

Les battants des volets sont dévorés par l'humidité. Un peu plus bas, les portails de l'écurie et de la grange battent au vent. Dans la cuisine tout est à sa place. La longue table de chêne appuyée contre le mur, les chaises retournées sur le plateau de celle-ci comme dans un café, et la cuisinière à bois dont l'émail s'est encore écaillé un peu plus.

La poussière et les quelques toiles d'araignées qui ondulent sous l'effet du courant d'air donnent à la ferme une allure de maison hantée.

Elle le fut bien par la bêtise, la haine et la mort...

1.

A Saint-Germain, ce matin du 1er novembre 1960, on enterrait ma sœur Germaine. Elle s'était suicidée aux barbituriques deux jours auparavant. Une bien drôle façon de partir ! avaient dit les gens du coin. De toute manière celle-là n'avait jamais fait comme tout le monde. Même pour se rendre au cimetière. Pensez donc ! Elle y allait dans un corbillard tiré par un tracteur ! Tout ce qu'on avait trouvé pour remplacer les deux chevaux récemment envoyés à l'abattoir.

Je suivais le convoi funéraire au second rang du cortège. Je pleurais. « Ma pauvre sœur, pensais-je, toi qui n'aimais pas le bruit, te voilà servie ! » J'éprouvais quelques difficultés à marcher à cause de mes enfants Gérard et Colette qui s'accrochaient lourdement à mes bras.

Lucien, mon mari, habillé dimanche, menait la procession. Solitaire, la mine contrite et les mains croisées dans le dos, il prenait la pose. Qu'il assistât à un enterrement ou à un banquet, il n'en changeait jamais. Comme d'idées d'ailleurs. La raison pour laquelle, probablement, les habitants de la commune le réélisaient à la tête de la mairie depuis près de quinze ans. Témoignage de sa puissance, on l'appelait toujours par son nom de famille : Nogaret. Sauf moi qui avais voulu marquer ainsi ma différence.

Tandis que nous gravissions les derniers mètres de la côte qui menait au cimetière, j'essuyai mes larmes d'un revers de manche et observai Lucien à la dérobée. Pourquoi le haïssais-je tellement ? Quinze années de mariage avaient-elles érodé à ce point la joie indicible qui m'avait presque étouffée lorsque j'avais bégayé le oui rituel ? Non ! Ce n'était pas le temps qui était en cause, mais bien Lucien. Toujours fort, sentencieux, ignorant le doute. A n'aimer que lui ou plutôt l'idée qu'il se faisait de lui. Tellement indifférent à autrui que Germaine en était morte ! Oh bien sûr, il n'était pas le seul responsable de son suicide, mais il l'avait bien aidée ! En lui refusant l'argent qui lui aurait permis de reprendre un café à Domecy.

A l'époque j'avais tenté de l'infléchir, mais sans succès. « Ta sœur n'a qu'à travailler, et mettre de côté, m'avait-il répondu. Et quand elle aura assez, elle achètera ! »

Ce souvenir me fit éclater à nouveau en sanglots. Je vénérais Germaine, mon aînée de deux ans. « La fantôme » comme je l'appelais depuis cette nuit lointaine où elle m'avait effrayée, dissimulée sous un drap. La seule famille aussi qui me restât après que nos parents eussent été arrêtés par les Allemands.

La grille rouillée du cimetière grinça. Quelques

hommes aidèrent les fossoyeurs à transporter le cercueil et à le descendre dans le trou. Le curé d'Avallon qui arborait son beau surplis de Toussaint prononça la bénédiction du bout des lèvres. Il n'avait accepté d'officier que sur l'insistance de Lucien. « Sans vous, avait-il dit, je ne l'aurais certainement pas bénie ! »

Je croisai le regard de Lucien qui ne cilla pas. Pourquoi m'avait-il épousée ? Parce que j'étais belle... Peut-être ? Plutôt parce que je ne possédais rien. Une manière d'exercer encore un peu plus son pouvoir sur sa famille.

L'abbé débita les derniers mots de son oraison sur un ton indifférent et le défilé des condoléances commença. Les chuchotis chagrins mêlés aux crissements des pas sur le gravier m'agaçaient. Aucun de ceux qui me serraient la main ne pensait ce qu'il disait. Ils étaient là seulement pour se faire remarquer par Lucien — Monsieur le maire ! — et flatter ainsi son orgueil... Marlène l'épicière de Quarré-les-Tombes qui tamponnait ses yeux secs. Clovis le cafetier de notre village qui secouait la tête comme s'il refusait la mort de Germaine alors qu'il lui avait peut-être adressé la parole deux ou trois fois de toute sa vie ! Louvois le notaire, bourré de tics, qui me déclarait sa tristesse d'un air solennel.

Il n'y avait guère que Merlaud, le journaliste localier de *L'Echo*, pour afficher ses véritables sentiments. Un vague sourire flottait sur son visage bouffi. Pour lui, il ne s'agissait là que d'un drame de paysans enrichis, comme il nous désignait certains soirs de beuveries chez Clovis.

Il garda ma main dans la sienne et me fixa droit dans les yeux. Sa manière habituelle de me rappeler la passion silencieuse qu'il nourrissait à mon égard depuis l'école. Dégoûtée je détournai le regard vers Girot, le maire adjoint qui s'approchait.

La première goutte de pluie tomba alors que nous regagnions la place du village où était garée la Citroën 15, flambant neuve que Lucien venait d'acquérir.

Les enfants accrochés à mes bras, je le suivais en silence. Il discutait avec Jean, un conseiller municipal qui lui était complètement dévoué. Je saisissais quelques bribes de leur conversation « ... placement immobilier profitable... le domaine sera viabilisé... importante plus-value... ». Ils parlaient de la Garancière, un terrain que Lucien espérait vendre à la Civile Immobilière, une entreprise dont il était actionnaire, en réalisant un substantiel bénéfice. L'un de ces nombreux trafics auxquels il pouvait se livrer grâce à sa position. Je serrai contre moi les enfants qui pleurnichaient en souhaitant qu'ils ne ressemblassent pas à leur père.

Alors que nous débouchions sur la place, la pluie plus violente commença à transpercer les vêtements de Colette. J'ouvris mon manteau et l'abritai dessous. Lucien se retourna.

« Attendez-moi là ! Je vais chez Clovis boire un coup avec mes hommes ! »

Je le dévisageai. « Tes hommes ! pensai-je, tes valets oui ! Uniquement là pour te servir... »

« Et les clés de la voiture ? m'étonnai-je, tu ne crois tout de même pas qu'on va t'attendre sous la pluie ?

— Ah oui ! » dit-il en lançant le trousseau.

Celui-ci tomba dans une flaque, juste à mes pieds et Lucien continua son chemin.

Je demeurai immobile à le regarder s'éloigner. Les gouttes d'eau qui perlaient à mes cils finirent par me brouiller la vue. Je secouai la tête. Un long frisson de colère me parcourut le corps. Cet homme m'écœurait. Je n'en pouvais plus de devoir supporter ses brimades quotidiennes, d'être un décor dans sa vie et de souffrir en silence. Cette fois-ci, c'était décidé ! J'allais relever la tête et user ce monstre d'orgueil comme la mer use la falaise. J'allais...

Soudain Gérard, ruisselant d'eau, me tira par la manche.

— Dis maman, si c'est pour être trempé, autant l'être pour de bon ! Rentrons à pied ! »

Je le suivis avec Colette toujours pelotonnée sous mon manteau.

2.

Allongée sur le dos, immobile, j'attendais le sommeil qui ne venait pas. Deux jours déjà que j'avais décidé de miner la belle assurance de Lucien. Deux jours aussi que je réfléchissais aux manières de m'y prendre sans en déterminer aucune. Ce n'était pas si facile que cela.

Surtout cette nuit-là alors qu'il dormait à côté de moi, une main abandonnée sur ma cuisse. Je percevais son souffle régulier. La chaleur de son corps réchauffait le mien. Peut-être même souhaitais-je que sa main inerte amorçât une caresse... Je me retournai. J'étais furieuse de voir ma volonté aussi chancelante, de me sentir encore prête à tous les renoncements.

L'obscurité m'effrayait. Le silence aussi, ponctué de mille bruits. Un volet qui claquait, les arbres qui frissonnaient, et ces allées et venues incessantes des rats dans le grenier, juste au-dessus de nos têtes.

Je pensai aux enfants. A Gérard, « mon petit dur » comme je l'appelais. Celui que je chérissais le plus. Tout juste âgé de quatorze ans, il parlait déjà comme un homme, avait un avis sur tout. Souvent je lui donnais raison envers et contre tous, uniquement pour qu'il prît confiance en lui.

Un tempérament bien différent de celui de Colette. Plus jeune de deux ans, un rien l'effarouchait. Qu'on élevât un peu la voix ou qu'il y eût un orage et aussitôt elle se réfugiait dans mes bras. Bien sûr je l'y accueillais, mais à chaque fois je ressentais comme une angoisse qui me faisait évoquer n'importe quel prétexte pour m'en détacher. Elle payait en quelque sorte son tribut au péché originel de Lucien. A peu de jours près, elle était née en même temps qu'une autre fille qu'il avait eue avec une dactylo d'Avallon.

La colère m'envahit jusqu'à avoir trop chaud et ne plus pouvoir supporter la moiteur du lit. Je décidai d'aller boire un café à la cuisine. Peut-être cela m'éviterait-il de ressasser mes regrets ?

Je n'allumai pas. La lumière lunaire suffisait pour évoluer dans la pièce.

Assise, je serrais la tasse brûlante entre mes mains pour me réchauffer. Le poêle à bois avait beau ronfler, il faisait toujours froid dans cette partie du bâtiment à cause de son exposition plein nord.

Je me sentais à la fois désemparée et effrayée par ma métamorphose, si brutale et impérieuse. Comment pouvais-je en être arrivée là, à imaginer tranquillement la manière de briser mon mari ? Sans l'ombre d'une révolte ? C'était extravagant ! Simultanément, je n'ignorais pas que cette mauvaise conscience tardive n'était en réalité qu'une facette de mon hypocrisie. Ma décision était prise depuis longtemps. De ce jour où Marlène l'épicière, l'une de ces âmes charitables qui aiment charrier la boue, était venue me déniaiser.

Elle venait d'arrêter son camion de livraison dans la cour et en ouvrait le hayon pour me servir.

« Tu sais Louise, me dit-elle d'emblée, la semaine passée j'ai vu Lucien à Avallon. Il avait donc des affaires à régler avec le notaire ?

— Pourquoi donc ?

— Eh bien parce qu'il se promenait sur les remparts avec la dactylo de l'étude, qui paraissait bien grosse. A la façon dont ils se tenaient j'ai même cru un instant que c'était le mari... Et comme elle n'en a pas... »

Elle ricana puis retourna vers ses rayons pour y attraper les boîtes de conserve que je lui avais commandées.

« Ça m'est revenu, reprit-elle en faisant mon compte, parce qu'hier, justement, la petite a accouché d'une fille... »

J'avais compris. Pourtant je ne manifestai aucun étonnement et ne dis rien. Comme par réflexe ! Pour ne pas offrir à cette garce le spectacle de mon désespoir qui l'aurait probablement réjouie. Mais Colette, que j'attendais dans la joie quelques minutes auparavant, était devenue soudain un poids insupportable, une présence étrangère.

Après que Marlène était partie j'avais erré dans la campagne durant tout l'après-midi, me répétant les reproches que j'allais adresser à Lucien, et les termes dans lesquels j'exigerai le divorce. Pourtant à son retour je m'étais tue. J'étais devenue prisonnière du silence. J'avais dû accepter cette incroyable situation comme certains acceptent leur destin en croyant qu'il est inéluctable. Peut-être aussi s'agissait-il plus simplement de conserver ce que je croyais être ma dignité ?

Quoi qu'il en soit, quelques jours plus tard j'avais accouché de Colette avec l'idée que je m'en débarrassais, et sottement je m'étais mise à attendre l'aveu de Lucien. Evidemment, celui-ci n'était jamais venu.

« Pauvre gourde ! » pensai-je en me levant. Je me resservis du café et demeurai près du poêle. La chaleur qui s'en dégageait m'apaisait. Je me remémorai Lucien en train de s'éloigner aux côtés de Jean, sans même s'être excusé d'avoir lancé le trousseau de clés dans la flaque d'eau. Pourquoi avais-je choisi de m'opposer à lui à ce moment précis ? Douze années après la naissance de cette fille adultère ? Sa goujaterie n'était pourtant pas nouvelle pour moi. J'en conclus que cette dernière humiliation marquait l'aboutissement d'une lente évolution. Ma volonté de vengeance avait grandi jusqu'à être au diapason de ma haine et devenir irrépressible.

Soudain Lucien fit irruption dans la cuisine et alluma. Je ne l'avais pas entendu venir. Je sursautai violemment et renversai le contenu de ma tasse sur le sol.

« Mais bon dieu, s'exclama-t-il, qu'est-ce qui te prend d'être debout à une heure pareille ? Tu ne te rappelles donc plus que demain tu dois t'occuper du troupeau avec Julie pendant que je serai à la chasse ? Allez ! Viens te recoucher ! »

Je refusai d'un ton cassant, prétextant que je n'avais pas sommeil.

Lucien, surpris de cette résistance inhabituelle, s'approcha de la table et s'y accota sur ses deux poings. Une pose qu'il affectionnait particulièrement quand il prononçait un discours.

« Je ne peux pas dormir quand tu n'es pas là et...

— Moi si ! » l'interrompis-je sans le regarder.

Lucien haussa les épaules et vint vers moi en souriant.

« Eh bien quoi ? s'étonna-t-il d'un ton moins rude, quelque chose ne va pas ? »

Je le regardai droit dans les yeux. J'espérai qu'il trouverait un mot, un geste, n'importe quoi qui effacerait le passé et ma haine. Peut-être aurait-il une parole de compassion pour Germaine et reconnaîtrait-il ne pas l'avoir suffisamment aidée ? En cette minute je voulais croire qu'il était encore possible de tout sauver. Nous allions parler la nuit durant. Nous...

Au lieu de cela, il me saisit brutalement par le bras, et m'attira contre lui. Accablée, je m'abandonnai à la fadeur nauséeuse de son baiser. Il m'entraîna vers la chambre. Je le laissai s'échiner sur moi à la recherche de son plaisir. Cette fois-ci je ne lui appartenais plus.

Le lendemain matin il se leva avec le jour. J'étais déjà dans la cuisine à activer le feu. Comme d'habitude il allait commencer sa journée en tentant de débusquer une caille ou un lièvre. C'était comme une seconde nature chez lui, une manière d'éprouver sa puissance sur les animaux avant de l'exercer sur les hommes. Il frappa au volet de la chambre de Robert, notre ouvrier.

« Eh ! Taïaut ! Taïaut ! »

Ce dernier était bien un peu fainéant mais irremplaçable pour la chasse. On le disait souvent dans le pays : il valait une meute à lui tout seul !

Lucien vint s'asseoir et, par petites gorgées, commença de boire son café arrosé de fine.

La cuisine était le domaine de Julie, la fille de ferme. Il y avait près de vingt ans qu'elle y préparait à manger. Elle avait commencé avec le père de Lucien, et tout naturellement, quand ce dernier était mort avait continué avec le fils.

« Bon dieu ! Ça pince ce matin ! marmonna Lucien.

— C'est sûr, ça pince ! répondit Julie sans se distraire de l'épluchage des légumes, vous allez tuer de la caille ?

— Dame ! On tirera ce qu'il y aura ! »

Robert pénétra dans la pièce. Il finit d'enfiler sa chemise, avant de s'asseoir en face de Lucien. Il garda le silence. Il n'aimait pas parler avant d'avoir terminé son repas. Il attrapa le fromage de vache, le coupa en fines lamelles qu'il appliqua consciencieusement sur une épaisse tranche de pain, et commença à mastiquer en regardant dans le vide. Quand il eut fini il replia son couteau après en avoir essuyé la lame sur son pantalon.

« Quand vous voudrez, monsieur le maire ! » dit-il simplement.

Il était le seul à la ferme à appeler Lucien ainsi. Il en était fier. C'était son privilège.

Ils se levèrent. Chacun retira son fusil et ses cartouches du râtelier, puis ils se mirent en route vers le bois de la Chaume. Grognard, l'épagneul, courait devant, la truffe au ras du col.

J'avais assisté à ce départ comme à un rituel. Lucien m'avait-il seulement vue tandis qu'il mastiquait ? Il paraissait si lointain, comme en prière avec ses ancêtres, tous de fameux fusils selon ses dires. A chaque fois il s'agissait, pour lui, d'un moment unique de son existence. En foulant sa terre, il s'y ressourcerait, et y puiserait une force presque animale qui, à mes yeux, l'excluait des humains. Au fil des jours j'étais devenue jalouse de cette intimité qu'il allait partager avec elle.

Il m'embrassa en partant, mais ses lèvres étaient froides. Cela réveilla mes résolutions de la nuit passée.

Toutefois je n'eus pas le loisir de songer à la manière de parvenir à mes fins. Comme tous les matins je préparai les enfants qui partaient à l'école, et les menai à l'intersection de notre chemin avec la nationale où le car de ramassage les prendrait. Puis aidée de Julie, je me consacrai à la basse-cour et aux vaches qu'on nourrissait au foin.

Vers midi, comme il ne pleuvait pas, nous mîmes les matelas aux fenêtres des chambres et les battîmes à coups de manche à balai pour les aérer. Je prenais un plaisir inattendu à assener régulièrement des coups sur ces paillasses qui ressemblaient tant à des cadavres disloqués. Je revenais à ces journées de la Libération durant lesquelles avec Germaine nous aimions faire la même chose pour secouer la poussière de quatre années d'occupation. Mais en même temps je frappais aussi le responsable de mes nuits blanches et froides.

La question obsédante s'immisca de nouveau dans mon esprit. Comment m'y prendre pour atteindre Lucien au cœur de lui-même, pour l'ébranler sans qu'il pût s'en remettre ? Je n'en avais aucune idée. J'étais, selon l'expression favorite de Julie, comme « une poule devant un couteau » et je mesurai mon impuissance, ma solitude et la dépendance dans laquelle il m'entretenait. Je résolus aussitôt de m'arracher à cette gangue. Dès le lendemain j'irais à Avallon. En m'éloignant de la ferme, je m'éloignerais de Lucien, et ainsi ce serait plus facile de concevoir un plan. Je n'eus pas besoin d'attendre si longtemps. Lucien, lui-même, me livra la solution, à son insu.

En cette fin de matinée, il faisait encore sombre. Le plafond des nuages, très bas, donnait l'impression qu'il allait nous écraser d'un moment à l'autre. Lucien fit irruption dans la cuisine en ouvrant la porte d'un coup de pied. J'avais ce comportement en horreur. Il brisait le silence dans lequel Julie et moi-même travaillions, mais en plus il m'effrayait. Or je haïssais la peur. Probablement parce qu'elle avait prise sur moi depuis une enfance lointaine. Un soir, pour s'amuser, Germaine m'avait enfermée dans un débarras à outils qu'on appelait le « cachot ». Les rats y frôlaient mes pieds. Alerté par mes cris, un ouvrier agricole qui passait par là m'avait libérée. Mais il était trop tard. Le mal était déjà fait.

« Nom de Dieu, s'écria Lucien, tu vois ce qu'ils ont écrit dans ce torchon ! Tu vois ? »

Il lança le journal sur la table. Il s'agissait de *L'Echo,* le quotidien local qui avait la réputation de soutenir l'opposition. Le titre de la une évoquait une phrase que Lucien avait prononcée la semaine précédente devant les comices agricoles d'Auxerre :

« Nogaret déclare : Tant va le pot au lait qu'il se brise ! »

L'article qui suivait donnait comme d'habitude dans l'humour de bistrot. Je ne décelais rien qui justifiât une telle colère.

« Mais enfin ! Tu ne vois pas qu'ils veulent me descendre ! Que je deviens leur tête de Turc ! Et que si je ne réagis pas, je le paierai aux prochaines élections ! »

Je ne répondis pas. Il haussa les épaules et disparut en grommelant. Certainement me jugeait-il incapable de comprendre quoi que ce fût à la politique.

En fait, j'avais conservé le silence parce que la manière de l'atteindre venait de me sauter aux yeux. J'allais me servir de Merlaud, le journaliste-orchestre de *L'Echo !*

C'était le personnage le plus déroutant qu'il m'eût été donné de connaître de toute ma vie. Me revenaient à l'esprit ses poignées de mains moites, appuyées, son regard globuleux où les pupilles semblaient surnager entre deux eaux laiteuses et troubles, mais où brillait toujours une lueur de désir à mon endroit. J'avais honte de son existence. Je me sentais responsable de sa laideur comme on se sent responsable de la misère !

Nous nous connaissions depuis l'école. A l'époque je l'avais surnommé « le crapaud » à cause de sa petite taille et de son embonpoint. Comme il n'avait guère changé d'allure depuis, il m'arrivait encore de lui servir ce sobriquet quand je le rencontrais. Par jeu, mais aussi par souci de bien lui rappeler que son vice le mieux caché ne m'était pas inconnu : il aimait s'exciter avec de toutes jeunes filles. Comme il ne pouvait pas facilement satisfaire ce penchant dans une région comme la nôtre où tout finit par se savoir, il pratiquait assidûment le voyeurisme chez la Jeanne, une ancienne prostituée qui tenait une maison close entre Avallon et Pontaubert.

J'avais surpris Merlaud un jour de fête foraine à Avallon. Il se tenait derrière un stand de tir et caressait une gamine du coin. J'en avais été si stupéfaite que j'étais demeurée sans voix, à le dévisager tandis qu'il se réajustait. Je lui prêtais toutes les perversions de l'esprit mais pas celles de la chair ! A l'époque, je l'imaginais époux laborieux et mauvais père de ses deux enfants, mais rien d'autre !

Nous ne nous étions rien dit. L'essentiel du dialogue s'était résumé à un long regard. J'avais accepté de ne rien rapporter, avec l'idée que cela me servirait un jour...

Etrange marché quand j'y repensais. Mon sens

moral était-il donc écorné à ce point alors que j'avais moi-même une fille qui eut pu être l'une de ses victimes ? Concevais-je déjà inconsciemment ma vengeance à l'égard de Lucien ? Ou bien s'agissait-il de tout autre chose sans que j'en discernasse encore le sens ?

Peu importait, puisqu'il s'agissait désormais de réclamer le coût réel de mon silence : sa complicité. J'en savais assez sur les combines douteuses de Lucien pour alimenter l'esprit tordu de Merlaud. Il mettrait en quelque sorte ma partition en musique.

J'étais tellement étonnée d'avoir conçu cette machination et heureuse des perspectives qu'elle m'ouvrait que je décidai de laisser passer quelques jours avant d'agir.

Par esprit de contradiction, ou peut-être pour compenser à l'avance les dégâts que j'allais occasionner chez Lucien, je me montrai mère et épouse modèles. Chaque fois que cela était possible, j'anticipais les désirs des uns ou des autres. J'écoutais avec attention les histoires d'école des enfants ou les bavardages de Julie qui ressassait les malheurs de son veuvage précoce sur le même ton qu'elle récitait son chapelet. Enfin, le soir, je me prêtais aux caresses de Lucien sans rechigner. J'étais joyeuse et riais pour un rien. Je me réveillais. Je me redécouvrais une respiration, des gestes, une présence…

En même temps l'hiver froid et brumeux affermissait mon désir de vengeance. En effet passant plus de temps que d'ordinaire à me réchauffer devant la cheminée, j'avais tout le loisir de me remémorer l'infidélité de Lucien, mais aussi les moindres des souffrances qu'il m'avait fait endurer pendant toutes ces années. Par les mots durs qu'il avait coutume de me jeter au visage en public, les gestes parfois violents par lesquels il concluait nos disputes, et son mépris enfin qui me désarmait plus sûrement que n'importe quelle injure.

Je préméditais aussi mes agissements futurs. Tout d'abord, il me fallait rencontrer Merlaud et le circonvenir sans qu'il pût opposer une quelconque résistance. Tâche d'autant plus difficile qu'il fallait éviter que quelqu'un nous vît et le rapportât à Lucien. Je résolus de lui proposer un lieu de rendez-vous tout à fait incroyable en misant sur le fait que cela attiserait sa curiosité. Je lui téléphonai.

« Quoi ! s'exclama-t-il, à dix-huit heures à l'intersection des quatre routes dans le bois d'Uzy ? Mais diable, pourquoi un tel endroit alors qu'il fera nuit et que... »

Je le coupai sèchement.

« Merlaud ! Tu veux du sensationnel ? »

A son court silence je compris qu'il acceptait.

« Bien, je compte sur toi... ! » lui lançai-je, et je raccrochai.

Le lendemain je n'eus aucune difficulté à quitter la ferme. Lucien, retenu par une réunion du Conseil municipal, n'était pas encore rentré, et les enfants jouaient dans la grange. Je prévins Julie que j'avais une course à faire à la droguerie d'Avallon et je sautai dans la 2 CV.

Il faisait nuit et la voiture cahotait sur le chemin forestier, encaissant comme elle le pouvait la succession ininterrompue d'ornières et de nids-de-poule. Les phares mal réglés éclairaient la brume opaque qui s'entrouvrait parfois sur des arbres aux allures inquiétantes. Cela tanguait tellement que je me cramponnais au volant. En même temps je répétais à voix haute ce que je dirais à Merlaud.

Les deux feux arrière de son véhicule jaillirent brusquement du brouillard. Je freinai brutalement et m'arrêtai juste derrière lui. Je laissai mes codes allumés et courus rejoindre Merlaud.

En pénétrant dans l'habitacle j'éprouvai un violent haut-le-cœur. Cela empestait le cigare et la transpiration. Le plancher était jonché d'objets et de papiers divers. Malgré ma répugnance je me calai dans le fauteuil et détaillai le profil de Merlaud éclairé par la lumière jaune des phares de la 2 CV.

« Eh bien ? s'étonna-t-il soudain, tu ne m'as pas fait venir ici pour... »

Je l'interrompis. Son ton de voix me déplaisait. Il ressemblait trop à celui d'un mauvais gendarme qui aurait voulu impressionner un prévenu.

« Ne t'impatiente pas ! J'ai l'intention de te parler de Lucien... »

Je me tus. Il demeura impassible, attendant la suite.

« ... Et de ses magouilles concernant la vente de la Garancière, repris-je, cela te donnerait matière à faire un excellent papier à scandale, non ? »

Il ricana et s'accouda au volant.

« Pour qui me prends-tu ? Tu ne crois tout de même pas que je vais m'attaquer à ton mari sur un claquement de doigts de ta part. Tu es malheureuse en ménage ou quoi ? Ah non ! Moi je suis journaliste. Je suis libre...

— Pas tant que ça, Merlaud ! répliquai-je.

— Qu'est-ce que tu veux dire par là ? »

Le ton plus aigu de sa voix laissait supposer une certaine inquiétude.

« Par exemple que ton " heureuse " épouse pourrait être mise au courant de tes manies.. »

Il me regarda l'air absent comme s'il cherchait dans sa mémoire ce à quoi je faisais référence.

« Et de tes visites prolongées chez la Jeanne ?

— Salope ! » hurla-t-il en tentant de me gifler.

Sa main heurta le pare-brise et il gémit de douleur. Il était ridicule. J'en profitai pour forcer mon avantage.

« Tu penses ce que tu veux de moi, mais c'est ainsi ! Je n'hésiterai pas un seul instant à mettre ces menaces à exécution si tu refuses.

— Laisse-moi réfléchir ! proposa-t-il en massant sa main meurtrie.

— Certainement pas !

— Mais enfin ! Comment veux-tu que je convainque le directeur que...

— C'est ton problème, le crapaud ! lançai-je en ouvrant. Je t'appelle bientôt pour tout te raconter... »

Je riais tellement j'étais satisfaite. Merlaud, ratatiné sur son siège, semblait vouloir se confondre avec lui. Il paraissait si malheureux que je ressentis même un bref sentiment de compassion à son égard.

« Bon dieu ! Comme il faut que tu haïsses le genre humain ! s'exclama-t-il.

— Pas le genre humain, Merlaud ! Mon mari et toi ! »

Je claquai la portière.

Déjà très éloignée je distinguais toujours les lumières de sa voiture. Probablement devait-il méditer sur les limites de son indépendance ? En même temps je demeurais troublée. Cela m'agaçait d'autant plus que je ne parvenais pas à savoir pourquoi. Je haussai les épaules. Sûrement, mes nerfs plus éprouvés que d'habitude me jouaient-ils un tour ?

Comme il était déjà tard, je décidai de ne pas passer à la droguerie d'Avallon.

Quand j'arrivai, Lucien n'était toujours pas rentré, et d'après Julie, Colette et Gérard devaient aider Robert à traire les vaches.

Je mis le couvert et appelai les enfants. Ils accoururent. Colette m'embrassa avec effusion, tandis que Gérard allait rejoindre directement sa place. J'en conçus quelque amertume mais je me sentis incapable de lui faire la moindre réflexion. Je repoussai Colette et lui enjoignis de s'asseoir. Puisque Lucien ne rentrait pas, ils allaient dîner et se coucher !

Julie les servit et je m'attablai avec eux. Ils me racontèrent la taloche que le maître avait mise à l'un de leurs camarades, le car de ramassage qui avait crevé peu avant de passer par ici, puis je n'écoutai plus. Je me sentais brusquement épuisée comme si j'avais abattu une tâche phénoménale. Je bâillai. Gérard s'en irrita.

« Ça t'ennuie ce qu'on te dit ou quoi ?

— Non mon chéri, répondis-je, mais j'ai sommeil. »

Colette s'interrompit de manger sa soupe.

« Tu voudras bien venir dormir un jour dans notre cabane ?

— Quelle cabane ? »

Gérard haussa les épaules de dépit. Il paraissait vraiment en colère.

« Mais on t'en a déjà parlé plusieurs fois ! La maison abandonnée ! »

Sa voix s'était légèrement altérée. Avant que j'eusse pu réagir il sortit en claquant la porte. Je me précipitai sur le perron et l'appelai sans succès. Il avait disparu dans l'obscurité.

« Ne t'inquiète pas, maman ! lança Colette, il y sera allé ! »

J'étais tellement énervée que je la traitai de petite sotte et lui reprochai de manger comme une cochonne. Elle se mit à pleurer. Julie me jeta un regard de reproche et se précipita pour la consoler.

Désemparée, ne sachant pas si je devais partir à la recherche de Gérard ou non, j'envoyai Colette se coucher. Lucien arriva à cet instant. Il demeura interdit sur le pas de la porte en apercevant Colette qui hoquetait de chagrin.

« Qu'est-ce qu'elle a ? demanda-t-il.

— Rien ! expliquai-je d'un ton agacé, encore ses bêtises ! Il faut toujours qu'elle la ramène ! »

De m'être montrée aussi injuste à l'égard de Colette amplifia mon irritation et j'explosai.

« Oh, et puis j'en ai assez ! »

Je quittai la cuisine et courus me réfugier dans notre chambre où j'éclatai en sanglots.

Avais-je dormi ? En tout cas, lorsque Lucien entra, j'avais l'impression de m'éveiller après un long sommeil. Je n'avais pas bougé. Je me trouvais toujours allongée sur le ventre en travers du lit. Il s'assit à côté de moi.

« Que t'arrive-t-il ? » s'inquiéta-t-il d'une voix plus douce qu'à l'ordinaire.

Cela me troubla et j'ignorai la question.

« Ça fait longtemps que je suis ici ?

— Environ un quart d'heure ! »

Il se leva et se retourna avant de quitter la pièce. Un léger sourire flottait sur ses lèvres.

« Tu viens dîner... »

J'acquiesçai d'un hochement de tête, mais demeurai immobile. Il disparut. Après tout, pensai-je, Lucien n'était pas si mauvais que cela ! Il était venu et s'était préoccupé de moi ! Ce que je tramais contre lui m'apparaissait soudain dans toute son horreur. Le dégoût m'envahissait lentement. Mais bientôt mes rancœurs passées se réveillèrent. J'eus dans la bouche des relents d'amertume anciens. Je n'allais tout de même pas me laisser avoir par le dernier sourire qu'il avait daigné m'accorder ! En fait il était venu faire son tour pour s'assurer que sa tranquillité n'était pas menacée et non parce qu'il s'intéressait à moi !

Je repensai à la bâtarde née en même temps que Colette ! Cela raviva aussitôt ma fureur, et quand j'entrai dans la cuisine, je me sentais à nouveau capable de mener ma vengeance jusqu'à son terme.

Julie, Robert et Lucien mangeaient en écoutant les informations. Ce dernier accompagnait les commentaires du speaker de légers hochements de tête approbateurs. Bien sûr que construire l'Europe c'était à court terme condamner l'agriculture ! Evidemment que les ordonnances anti-alcooliques étaient une aberration ! Il n'y avait qu'à continuer ainsi et l'on se heurterait à nouveau aux paysans comme en avril.

Jusqu'ici je ne m'étais jamais réellement intéressée aux nouvelles. Ce soir-là je les écoutai avec attention et décidai de le faire chaque jour. Ainsi je connaîtrais mieux les opinions de Lucien et pourrais l'atteindre encore plus sûrement.

Le lendemain matin, contrairement à mes habitudes, j'accompagnai les enfants à l'école. Cela me permettait de me rendre à Avallon sans que personne s'en étonnât. C'était si rare, que Colette et Gérard manifestèrent bruyamment leur joie durant tout le trajet.

Je me garai devant l'établissement. Ils descendirent de la voiture fiers comme Artaban, en prenant soin de se faire remarquer de leurs camarades, puis ils se fondirent dans la foule des enfants qui attendaient sur le trottoir.

Je saluai d'un signe de tête quelques mères de famille que je reconnaissais et redémarrai en mettant le cap sur le presbytère de l'église Saint-Lazare.

J'avais dans l'idée de faire parler l'abbé sur

Lucien, qu'il connaissait depuis sa naissance. Bavard comme il était, il m'en apprendrait certainement sur lui. Mais je voulais aussi qu'il répétât à sa gouvernante les quelques confidences désabusées que je comptais lui faire à propos de notre couple sur le ton de l'épouse toujours amoureuse mais délaissée !

Il me reçut à bras ouverts.

« Entrez ma chère enfant ! J'allais boire mon café ! Vous en prendrez bien un avec moi ? »

J'acceptai et m'assis. Il engagea la conversation sans même s'inquiéter de l'objet de ma visite.

« J'imagine qu'après la disparition de votre sœur, vous devez vivre des heures bien difficiles… »

J'acquiesçai avec sincérité mais n'écoutai pas ses litanies sur la mort et la résurrection. Je m'étais toujours fichue de l'au-delà, ayant décidé une bonne fois pour toutes, le jour de ma communion, qu'il serait toujours temps de m'en préoccuper le moment venu. Et puis je n'oubliais pas la répugnance qu'il avait exprimée à enterrer Germaine sous prétexte qu'elle s'était suicidée.

Tandis qu'il parlait, je détaillais son profil anguleux. Son nez de vautour protubérant et son visage parcheminé lui donnaient l'aspect d'un sorcier agité. Le diable, une fois encore, avait su se travestir ! Je recommençai à être attentive en l'entendant évoquer Lucien.

« Vous savez, Louise, c'est un être exceptionnel ! Un modèle d'ordre et de probité ! Ça se devinait déjà quand il était gamin. A toujours fouiner partout et à répondre à tout le monde ! On se disait avec sa mère qu'il irait loin ! Nous ne nous sommes pas trompés, n'est-ce pas ? »

Il émit un petit rire de satisfaction puis trempa une tartine de pain beurré dans son bol de café. J'allais répondre quand il reprit la bouche pleine :

« Et vous en avez bien profité ma petite ! Un beau mariage ! »

Sa manière de sous-entendre que j'avais eu de la chance m'agaçait. Encore un peu et nous allions entonner ensemble quelques actions de grâces en l'honneur de mon mari !

« Vous avez raison mon père, lâchai-je d'un air entendu, il n'empêche que Lucien n'est pas toujours facile !

— Avec les responsabilités qu'il a, répondit l'abbé, ça n'est pas étonnant... »

Certes il l'excusait, mais à son œil soudain plus pénétrant, je compris qu'il flairait quelques révélations sur notre vie conjugale. Je me réjouissais de voir le poisson mordre à l'hameçon et pris un air désenchanté pour l'émouvoir. J'attendis, silencieuse.

« Alors mon enfant, murmura-t-il enfin d'une voix de confessionnal, quelque chose ne va pas ? »

Je me redressai sur ma chaise en secouant la tête, et le fixai, toujours aussi tristement, pour l'inciter à me questionner à nouveau. Il n'y manqua pas.

« Ne dites pas non, Louise, je vois bien que ça ne va pas ! »

Il se rapprocha et me prit la main.

« Lucien vous ferait-il des misères ? »

Cette fois-ci je me gardai bien de lui répondre

non. Je m'amusai à le voir dévoré de curiosité. Il fronçait le sourcil pour rendre son regard plus acéré et me signifier ainsi qu'il allait visiter mon âme dans ses recoins les plus secrets. Probablement avait-il oublié que je n'étais plus la gamine qu'il parvenait à terroriser vingt ans auparavant.

« Louise, il faut soulager votre cœur auprès de moi ! Vous savez que je peux tout entendre ! Dieu l'a voulu ainsi... »

J'approuvai et toussai pour m'éclaircir la gorge.

« Mon père, la vie est parfois difficile... Vous savez ce que c'est ! Il suffit qu'on soit un peu plus fatiguée que d'ordinaire et l'on a envie de se raconter à quelqu'un de toute confiance. »

Le curé silencieux hocha la tête. Je le sentais anxieux d'entendre la suite.

« En quinze ans de mariage, continuai-je, vous imaginez combien j'en ai vu ! Mais le plus difficile ce fut... »

Je m'interrompis volontairement et enfouis mon visage dans mes mains.

« Continuez, Louise ! Devant Dieu on ne peut avoir de scrupules !

— Le plus difficile, ce fut de le voir fréquenter une autre femme... »

J'éclatai en sanglots.

« La dactylo de Louvois le notaire ! repris-je. Il la rencontrait ici, à Avallon. On les a vus ensemble à plusieurs reprises. On me l'a rapporté... Au début bien sûr je n'y ai pas cru, mais il a bien fallu que je me rende à l'évidence. On m'a même dit qu'il avait eu un enfant avec elle...

— Quoi ! s'exclama le curé, qu'est-ce que vous me chantez là ! La Jacqueline ! Voilà bien longtemps qu'elle a disparu celle-là ! C'est vrai qu'à l'époque on n'a jamais su de qui elle était tombée enceinte… Mais de Lucien, certainement pas ! »

Entre deux hoquets je lui répétai qu'évidemment j'avais essayé de n'en rien croire.

« Vous n'en avez jamais parlé avec Lucien, j'espère ! dit-il l'air véritablement effrayé.

— Non…

— C'est bien ! Oh mon Dieu il ne mérite pas ça le pauvre ! Ce seront de mauvaises langues qui vous auront raconté toutes ces bêtises ! De mauvaises langues je vous dis ! Et il ne faut pas les croire ! »

Il se leva, et désemparé fit le tour de la pièce. Il déplaça quelques bibelots qui traînaient sur son vaisselier, remit une photo d'aplomb sur la cheminée, puis vint se rasseoir.

« Il ne faut plus jamais en reparler, Louise ! Avec quiconque ! Vous pourriez compromettre ainsi sa réputation et il ne le faut pas. De grandes entreprises l'attendent encore… »

Il demeura un instant absorbé dans ses pensées et reprit :

« Il n'y a rien d'autre, j'espère ?

— Oh non ! répliquai-je. Sauf peut-être les bribes d'une conversation que j'ai surprise justement entre Lucien et Louvois il y a déjà un moment et dont je n'ai pas saisi le sens ! Ça n'a pas cessé de me turlupiner depuis. Peut-être comprendrez-vous mieux que moi ? »

J'avalai une gorgée de café froid et gardai le

silence comme si je rassemblais mes idées. C'était un peu vrai, puisque je m'apprêtais à tout inventer à partir de certains éléments exacts et d'autres seulement vraisemblables.

« Alors de quoi s'agit-il ? me demanda le curé d'un ton impatient.

— Eh bien voilà ! Louvois sommait Lucien de lui donner une part de ce qui lui revenait... Après tant d'années il disait avoir envie d'en profiter... Il était question d'un chat qu'ils avaient dénoncé... Enfin ! Tout cela me paraissait si incompréhensible que je n'écoutai plus... »

L'abbé me regarda avec effroi. Je ne m'en étonnais pas. Ce que je venais de lâcher avait toutes les apparences de la vérité. Louvois et Lucien avaient fait partie du même réseau de résistance, et « Le Chat » leur chef, qui était en même temps l'un des plus riches propriétaires de la région, avait bien été dénoncé et fusillé. Enfin une grande partie de sa fortune s'était volatilisée sans qu'on sût vraiment ce qu'elle était devenue. Mais bien sûr, j'en étais certaine, Lucien et son ami n'avaient jamais dénoncé qui que ce fût !

Le curé se redressa et secoua la tête. Probablement voulait-il exorciser le doute affreux qui venait de s'immiscer dans son esprit.

« Bah ! Ce sont de vieilles histoires du temps de la guerre, me dit-il d'une voix éteinte, elles n'intéressent plus personne.

— Bien sûr, monsieur le Curé. »

Je me levai. Il me raccompagna jusqu'à la porte et me saisit le bras.

« Lucien est un brave homme, Louise ! Il faut toujours demeurer à ses côtés et le défendre contre les calomnies, d'où qu'elles viennent.

— Ça fait quinze ans qu'il peut compter sur moi, mon père.

— Je sais, mon enfant. Mais peut-être à l'avenir aura-t-il encore plus besoin de vous ? »

Je descendis l'escalier jusqu'à la rue Bocquillot et me retournai pour saluer le curé. Il était rentré. Sans doute racontait-il déjà tout ce que je venais de lui apprendre à Mme Berthe, sa vieille gouvernante ?

Bien que le froid fût très vif, je montai tranquillement à pied jusqu'à la place Vauban. Le soleil d'hiver, très lumineux, donnait aux façades des maisons un air de neuf inhabituel. J'avais l'étrange impression de les découvrir pour la première fois. Peut-être parce que je me sentais moins oppressée après ma « confession » ?

Je flânai le long de la longue vitrine du magasin de confection « Au pauvre diable », de l'autre côté de la promenade des Terreaux. J'éprouvai soudain une véritable fringale d'achats. Je remarquai en particulier une robe de couleur rouille qui pendait au milieu d'un bric-à-brac d'articles hétéroclites. Elle me tentait. J'avais envie de me glisser en elle, et de lire la convoitise dans le regard des hommes que je croiserais.

Ma silhouette se reflétait dans la vitre. Je trouvais mes formes plutôt généreuses. Certainement pouvais-je encore séduire ? Je me décidai à l'acheter. La mère Carreau qui tenait la boutique me vanta la qualité de son tissu.

« Vous avez raison de la prendre, madame Nogaret. D'après le représentant c'est ce qu'ils mettent en ce moment à Paris. Vous serez à la mode... »

Je lui donnai quelques nouvelles de Julie qu'elle connaissait « depuis toujours », puis je la payai. J'allais sortir quand je me ravisai.

« Dites-moi, madame Carreau, je pourrais téléphoner de chez vous ? Il faut justement que je demande à Julie si je dois rapporter quelque chose pour le déjeuner.

— Bien sûr, madame Nogaret ! »

Elle me désigna l'appareil mural à l'entrée de sa cuisine.

Je composai en fait le numéro de *L'Echo,* et me retournai pour éviter que la vieille commerçante ne m'entendît. Heureusement quelqu'un entra lorsque j'obtins Merlaud.

« Je t'appelle comme promis, lui dis-je. Voyons-nous chez la Jeanne à six heures ce soir.

— Qu'est-ce qui te prend ? Jamais je ne vais chez...

— Je n'ai pas le temps de discuter, le coupai-je, à tout à l'heure. »

Je raccrochai.

La mère Carreau conversait avec un client que je ne connaissais pas. Quand je voulus régler la communication, elle refusa.

« Pensez-vous, madame Nogaret. Donnez donc ça aux petits de ma part pour leur cagnotte... »

Je la remerciai et sortis. Je marchai d'un pas alerte jusqu'à la voiture. J'étais satisfaite d'avoir surpris Merlaud et de ne pas lui avoir laissé le choix pour notre rencontre. En agissant ainsi j'étais certaine d'avoir renforcé mon ascendant sur lui.

Durant le trajet jusqu'à la ferme je me remémorai mon entrevue avec le curé. Il me semblait ne pas avoir commis de fautes. Je me convainquis à nouveau qu'il avait déjà rapporté notre conversation à sa gouvernante et que, bientôt, tout le pays serait au courant. Je ressentis alors une impatience joyeuse à découvrir les ragots qui reviendraient un jour ou l'autre aux oreilles de Lucien.

Assise sur un tabouret de traite, dans la cuisine, Julie plumait deux poulets. Un épais tapis de plumes l'entourait.

« Ah vous voilà ! lança-t-elle d'un ton rogue. Monsieur est revenu plus tôt que prévu de la chasse et s'énervait de ne pas vous voir là ! Il est reparti aussitôt à la mairie.

— Il voulait quelque chose de particulier ? m'inquiétai-je.

— Non ! Mais il trouvait bizarre que vous soyez allée en ville accompagner les petits... »

Je sortis. J'allai donner du grain aux poules et m'occuper des lapins enfermés dans des clapiers le long du mur à vin. On l'appelait ainsi à cause d'une misérable vigne qui grimpait jusqu'à la corniche. Chaque année elle produisait quelques grappes de raisin vert qui ne parvenaient jamais à maturité. D'après Julie qui avait toujours une explication pour tout, elle s'était arrêtée de produire, l'année où le père Nogaret était mort.

« C'est lui qui lui avait donné la vie, m'avait-elle dit, elle a préféré partir avec lui. »

Quelques lapins se marchaient dessus en une sarabande effrénée. D'autres, au contraire, se tenaient frileusement au fond des cages et grignotaient les feuilles de salade que je leur jetais. J'aimais tellement ces bêtes qu'il s'agissait presque d'une cérémonie.

C'était aussi toute mon enfance avec Germaine. A l'époque nous nous disputions l'affection d'un lapin blanc que nous avions appelé Albinos par manque d'imagination. C'étaient toujours des sérénades auprès de notre mère pour savoir laquelle de nous deux pourrait le garder dans ses bras.

Un jour de colère, celle-ci nous départagea : il finit dans la cocotte !... Germaine et moi l'avions mangé sans le savoir, notre mère ne nous l'ayant dit qu'après. J'avais vomi et décidé de ne plus jamais m'attacher à aucune bête en particulier.

Je passai le restant de la matinée à chercher quel prétexte je pourrais bien invoquer pour m'absenter à six heures.

Lucien revint de la mairie vers midi. Il s'attabla avec Robert. Il paraissait calme, mais à certains de ses gestes, brusques et maladroits, je pressentais que ce n'était qu'une façade. Quelque chose le tracassait. Un instant j'envisageai que Merlaud ou le curé l'avaient averti de mes manigances mais cela me sembla invraisemblable.

Il mangeait, le regard perdu au loin. Dans le silence de la cuisine les moindres bruits prenaient des proportions gigantesques. Les chocs des couverts contre les assiettes se mêlaient au tic-tac régulier du morbier. Robert, qui ne se serait jamais permis de parler avant « Monsieur le Maire », avalait son ragoût sans relever la tête.

« Il n'y avait donc pas de car de ramassage pour les gosses ce matin ? » demanda soudain Lucien.

Je sursautai.

« Si ! Si ! Mais comme j'avais à faire à Avallon j'ai pensé que ça leur ferait plaisir si je les accompagnais.

— De notre temps nous y allions à pied ! » dit-il simplement.

Julie posa le plat sur la table pour ceux qui voulaient se resservir. Elle se frotta les mains contre son tablier. Je lui avais toujours vu faire ce geste qu'elle répétait plusieurs fois par jour.

« Et la chasse, ça ne marche donc plus ? s'exclama-t-elle, vous ne m'avez rien rapporté ce matin ! Si vous voulez quelque chose dans vos assiettes il faudrait un peu mieux plomber le gibier. »

Robert haussa les épaules.

« Ça braconne... lâcha-t-il la bouche pleine.

— Et alors ? répliqua Julie qui commençait à faire la vaisselle, il n'y a qu'à les traquer et les tirer comme des sangliers, ces salopiauds !

— Ne vous inquiétez pas Julie, dit Lucien, avec Robert nous allons faire mieux que ça ! On va installer des collets spécialement pour eux. Et ils gueuleront tellement qu'on n'aura pas besoin de les débusquer.

— Oui ! C'est ça ! renchérit Robert en ricanant, il n'y aura plus qu'à les cueillir ! »

Lucien se tailla une tranche de pain et la débita en petits morceaux pour saucer.

« Je leur en ferai baver à ces voleurs, affirma-t-il d'un ton tranquille, comme à tous ceux qui me chercheront d'ailleurs ! »

Je n'en doutais pas. Cela me renforça dans l'idée que je devais aller très vite si je ne voulais pas, un jour, faire partie de ses victimes.

Pour pouvoir rejoindre Merlaud chez la Jeanne, j'expliquai à Julie que je souhaitais me recueillir sur la tombe de Germaine.

Elle s'en étonna.

« Quoi ! A une heure pareille ! La pauvre ne verra même pas que vous êtes venue ! La nuit va tomber dans une demi-heure !

— C'est pour ça que je me dépêche ! » répliquai-je.

J'allai enfiler la robe que j'avais achetée le matin même et me regardai dans le grand miroir accroché à l'une des portes de l'armoire. Je ne m'étais pas trompée. Grâce à elle l'épouse un peu gauche de « monsieur le maire » cédait la place à une femme beaucoup plus séduisante !

J'éprouvais une joie un peu infantile de me sentir ainsi libérée, mais aussi un regain de haine à l'encontre de Lucien qui ne m'avait jamais offert un seul vêtement, sous le prétexte que ceux de sa mère ou de ma sœur, certes retouchés, feraient l'affaire.

Debout sur le perron de la cuisine, Julie s'esclaffa lorsqu'elle me vit passer.

« Eh bien dites donc ! C'est au bal ou au cimetière que vous allez ? »

Je ne répondis rien et m'engouffrai dans la voiture, irritée qu'elle m'eût aperçue ainsi accoutrée. Je l'imaginais, seule dans sa cuisine, en train d'élucubrer sur mes agissements et d'aller ensuite raconter n'importe quoi à Lucien. Et certainement serait-elle convaincante ! A ne pas quitter la ferme elle avait appris à faire coïncider parfaitement ses fantasmes avec la réalité.

A la sortie de Pontaubert je m'engageai sur le chemin qui menait chez la Jeanne. Il était six heures précises. La nuit venait de tomber. Dans le halo des phares le brouillard effaçait le contour des choses. La maison, d'où ne filtrait aucune lumière, paraissait abandonnée.

Jeanne m'accueillit avec un léger sourire moqueur. Vous pensez ! La femme du maire de Saint-Germain qui donnait ses rendez-vous ici ! Mais elle ne fit aucune réflexion. Toujours cette discrétion qui lui avait permis de diriger son « écurie » — c'est ainsi qu'elle désignait les lieux — depuis près de vingt ans sans jamais avoir eu d'ennuis ni avec les Allemands pendant la guerre ni avec les gendarmes depuis. D'ailleurs cette qualité s'exprimait même dans son physique. Très mince et toujours vêtue de gris, on pouvait l'imaginer se fondre dans son environnement à l'insu de son visiteur…

Si sa propre existence était un secret, personne n'ayant jamais su d'où elle venait, l'organisation de son établissement en était un autre. Elle avait transformé cet ancien relais de poste de telle manière que ses clients pussent se rendre à leur chambre sans en croiser d'autres. Pour quelques habitués qui avaient tenté de percer le mystère des lieux, celui-ci résidait dans la disposition subtile des murs et des escaliers, mais ils n'avaient jamais pu en révéler plus.

« Il est déjà là ! m'annonça-t-elle, à la chambre dite “ de l'œil ”. Je vais vous y mener. »

Tandis que nous gravissions les marches, elle se retourna vers moi à plusieurs reprises. Elle me détaillait de la tête aux pieds d'un regard que je supposais expert. Un instant, elle garda sa main sur la poignée de la porte.

« Vous êtes une belle femme, madame Nogaret... » me dit-elle d'un air sibyllin, puis elle ouvrit.

J'entrai dans la chambre, troublée par cette remarque. Je le fus encore plus quand je remarquai le décor chargé de l'endroit. Les motifs des papiers muraux, des rideaux, du dessus de lit et des tapis étaient identiques : des fleurs multicolores et des tiges feuillues entrelacées.

Je n'avais pas aperçu Merlaud tout de suite. Apparemment peu gêné par ma présence, il continuait à observer par un œilleton ce qui se passait à côté.

« Assieds-toi ! dit-il, j'en ai pour une minute !

— Je t'en prie », répondis-je sottement.

Je demeurai debout au milieu de la pièce.

« Tu veux voir ? reprit-il, ça peut aussi bien exciter une femme qu'un homme ! »

J'étais partagée entre le dégoût et un désir inattendu d'accepter. Après tout j'avais bien imaginé parfois qu'on me regardait faire l'amour avec Lucien. Comme cela ! Uniquement pour amplifier mon plaisir. Pourtant je ne bougeai pas. Je regrettais même d'avoir donné rendez-vous à Merlaud dans cette maison. Je m'y sentais soudainement désarmée face à lui qui se trouvait ici, en quelque sorte dans son royaume.

Il se retourna enfin. Quelques gouttes de sueur perlaient sur son visage rubicond. Il fit quelques pas vers moi, la respiration légèrement sifflante, puis il s'effondra dans un fauteuil en m'en désignant un autre. Je m'y assis sur une fesse, mal à l'aise. J'étais d'autant plus gênée que Merlaud dardait sur moi ses deux petits yeux porcins où subsistait une trace de l'excitation qui l'avait habité quelques minutes auparavant.

« Cette robe te va bien ! dit-il d'un ton légèrement railleur.

— Nous ne sommes pas ici pour parler de mes attraits » répliquai-je sèchement.

Toutefois, et j'espérais qu'il ne s'en était pas aperçu, l'inflexion de ma voix n'avait pas été tout à fait la mienne. Un désir physique encore flou commençait à me nouer la gorge.

« Dommage… marmonna-t-il en continuant à me dévisager.

— Bien ! Ecoute ce que je vais te raconter, repris-je, et fais-en bon usage. »

Je lui expliquai alors le montage que Lucien avait imaginé avec le directeur de la Civile Immobilière pour qu'ils pussent réaliser une plus-value importante sur la vente de la Garancière, puis je lui dévoilai l'existence d'une société fictive, la Générale Céréalière, qu'il avait créée à Paris pour racheter le blé de la Coopérative, qu'il revendait ensuite en faisant de substantiels bénéfices.

Enfin, je lui contai par le menu toutes ses entourloupes pour saper la réputation d'Hubert Redon, le propriétaire de *L'Echo* mais aussi le député de la circonscription dont il guignait le siège. Combien de fois, alors qu'il écoutait les informations, ne l'avais-je pas entendu s'écrier : « Ils verront ces bons à rien ce que je leur balancerai quand j'aurai remplacé cet imbécile d'Hubert. »

Quand j'eus terminé, Merlaud se leva et alluma un cigare tout en arpentant la pièce de long en large.

« Tu es complètement folle ! s'exclama-t-il soudain. D'accord je travaille pour un journal d'opposition. D'accord on n'a pas l'habitude de ménager ton mari ! Mais de là à sortir le grand jeu, il existe une marge ! D'ailleurs jamais le patron ne voudra aller si loin ! Il sait bien que Lucien aimerait prendre sa place mais je crois qu'il trouve ça normal... La solidarité de classe tu comprends ?

— Il n'est pas question que tu te défiles maintenant, le crapaud ! m'écriai-je hors de moi, sinon je t'ai déjà prévenu ! Je balance tout sur toi ! Les petites filles, la Jeanne ! Je dirai même que tu as essayé avec moi et...

— Ça te déplairait tant que ça ? » me coupa-t-il alors, l'air le plus sérieux du monde.

Je demeurai coite, tellement l'idée de faire

l'amour avec un individu aussi hideux me paraissait saugrenue. Cependant je ne me révoltai pas, ni ne me fâchai contre lui. Comme si cette supposition, aussi incroyable fût-elle, était devenue envisageable. C'était tellement inattendu, inimaginable que j'acquiesçai sans réelle conviction.

« Je n'en suis pas si certain que ça ! » rétorqua-t-il en reprenant son va-et-vient.

Je cherchai sans succès un sujet de conversation qui nous détournerait de ces préoccupations scabreuses. Je ne parvenais pas non plus à me lever. Etrangement je me sentais prisonnière de cette pièce, de son atmosphère malsaine, mais aussi de Merlaud qui ne cessait de tourner autour de moi.

Parfois lorsqu'il passait derrière moi sa veste frôlait ma nuque. Je me répétais que je devais fuir et pourtant je demeurais assise. Incapable qu'une quelconque décision je m'en remis alors au hasard.

Merlaud s'arrêta face à moi. Il tira plusieurs bouffées sur son cigare en cherchant mon regard.

« Pourquoi hais-tu ton mari à ce point ? » me demanda-t-il en me fixant droit dans les yeux.

Soudain, bien que j'eusse décidé de toujours garder mes justifications pour moi j'étais prête à les lui livrer. Il prenait un ascendant sur moi sans que je parvinsse à en saisir les raisons. Je me sentais attirée par sa laideur comme la limaille l'est par l'aimant. Je finissais même par le trouver beau.

J'allais lui répondre quand je pris conscience que sa main progressait doucement vers le haut de ma cuisse. Cela me fit sortir de ma torpeur. Je me levai, le giflai, et sans attendre m'approchai de la porte.

« N'oublie pas, Merlaud ! lui lançai-je en sortant, je lirai le journal tous les jours ! »

Je dévalai l'escalier jusqu'à la petite pièce de réception.

Jeanne se trouva à mes côtés sans que je l'eusse entendue venir.

« J'étais heureuse de vous accueillir chez moi », dit-elle.

Elle ouvrit et exerça une légère pression de sa main sur mon avant-bras en guise de bonsoir. Je me retrouvai sur le perron, désemparée et entourée par le brouillard. Je restai là quelques instants à tenter de recouvrer mes esprits. Je sentais le froid vif sans en souffrir. Je m'en voulais de m'être mal contrôlée durant l'entretien avec Merlaud mais surtout je m'inquiétais de son emprise soudaine sur ma volonté. Tout juste si je n'avais pas cédé à ses avances ! Je haussai les épaules et courus jusqu'à la voiture.

Quand j'arrivai à la ferme, la cuisine était déserte. Une blanquette de veau mijotait sur le feu. J'appelai Julie, mais elle ne répondit pas. Ni Lucien, ni les enfants ne se trouvaient dans la maison. J'allai à l'étable où Robert trayait les vaches.

« Eh bien ! Où sont-ils tous passés ? » lui demandai-je.

Celui-ci éclata de rire.

« Ils ne sont pas bien loin, va ! répondit-il en continuant son travail, ne vous inquiétez pas ! Ils ne vont pas tarder ! Le mieux c'est de les attendre tranquillement ! »

Ce mystère m'énervait. Je revins à la cuisine et m'attablai en grignotant un quignon de pain.

Je me sentais lasse et angoissée. Depuis quelques heures tout me paraissait étrange, comme s'il se fut agi d'une autre vie. La laideur de Merlaud qui m'habitait toujours sans que je parvinsse à savoir si elle me répugnait plus qu'elle ne m'attirait. Cette sensation de désir sans objet qui s'était éveillée en moi et qui ne me quittait plus. Enfin ce silence et cette solitude qui m'effrayaient.

Les enfants entrèrent les premiers. Ils vinrent m'embrasser, pouffant de rire.

« Eh bien où étiez-vous fourrés ? » m'écriai-je.

Ils s'assirent en riant de plus belle. J'allais me fâcher quand Lucien arriva suivi de Julie. Souriants, ils s'assirent et me regardèrent avec insistance.

« Ta journée s'est bien passée ? s'inquiéta Lucien.

— Eh bien oui ! répliquai-je avec brusquerie, pourquoi cette question ? »

Je me tournai vers Julie. Elle avait enfilé une autre robe. Lucien lui aussi avait endossé une veste plus élégante. Quant aux enfants, ils étaient coiffés !

« Vous pouvez servir, Julie... » commençai-je, puis excédée, j'envoyai une gifle à Colette qui s'esclaffait à nouveau à côté de moi. Elle passa tellement vite du rire aux larmes que je la trouvai grotesque. Lucien parut interloqué.

« Pourquoi t'énerves-tu ainsi ? Les gamins voulaient te faire une surprise en fêtant ton anniversaire ! Julie nous a dit que tu étais allée t'acheter une robe aujourd'hui. Nous pensions que c'était pour cette raison... »

Je me sentis soudain si ridicule que j'éclatai en sanglots.

Colette, qui n'était pas rancunière, vint m'embrasser en s'agrippant à mon cou de toutes ses forces puis elle sortit en courant avec Gérard. Julie et Lucien s'approchèrent à leur tour. Ce dernier m'offrit une montre tandis que la vieille domestique me donnait un magnifique napperon qu'elle avait elle-même fabriqué au crochet. Peu de temps après, Colette et Gérard revinrent suivis de Robert. Ils portaient le flan qu'ils avaient fait en cachette, surmonté de trente-cinq bougies. Je pleurais toujours, à la fois honteuse et heureuse.

Alors que nous mangions, je regardais Lucien à la dérobée. Il bâillait en se trémoussant sur sa chaise comme s'il trouvait le temps long. Je ne parvenais pas à croire qu'il était sincère et qu'il partageait vraiment la joie des enfants. Plus sûrement avait-il résolu de participer à la fête pour éviter les complications. Il était assez « politique », comme il disait souvent, pour feindre être joyeux là où il s'ennuyait à mourir. Mais moi je ne me laisserais pas avoir ! Je le connaissais trop bien ! Ce n'était pas une montre, aussi belle fût-elle, qui me ferait oublier quinze années d'humiliation !

« Dis, maman ! s'exclama soudain Gérard, tu veux bien jouer avec moi à un jeu qu'on nous a appris cet après-midi à l'école. Ça s'appelle “ si j'étais... ” Je te demande par exemple : “ Si tu étais un animal... ” Et tu réponds ce que tu veux être... Après, si tu étais une fleur, et ainsi de suite... Tu comprends ? »

Colette juchée sur les genoux de Julie continuait de rire pour un rien. Lucien, dissimulé derrière la fumée de sa cigarette, haussa les épaules.

« C'est tout ce qu'on vous apprend en classe ? Il va falloir que j'en parle à l'inspecteur d'Académie... Il va...

— Mais tais-toi papa ! » l'interrompit Gérard.

Il commença de m'interroger. Si j'étais un animal ?... Je répondis une souris... Une fleur ?... Une marguerite... Un oiseau ?... une buse... Je réfléchissais à peine. A chacune de mes réponses c'étaient des éclats de rire ou bien des cris de réprobation... Un meuble ?... Une pendule... Un vêtement ?... Une chemise... Cette succession de questions m'amusait de plus en plus. J'éprouvais la sensation agréable de rajeunir et de pouvoir dire ce que j'aimais dans la vie. Une maison ?... L'abbaye de Vézelay... Un fleuve ?... La Loire... Un poisson ?... Une carpe... Chacune de mes propositions faisait jaillir dans ma mémoire quantité de souvenirs encore très précis bien qu'ils fussent anciens pour la plupart.

J'étais très reconnaissante envers Gérard de ce moment de joie et me levai pour l'embrasser et le serrer dans mes bras. Colette insista pour que son frère interrogeât Lucien mais ce dernier refusa. Il trouvait ce jeu stupide. D'ailleurs il prétexta qu'il avait beaucoup à faire et alla s'enfermer dans notre chambre.

Gérard questionna successivement Julie et Robert, puis nous nous installâmes autour de la cheminée où crépitait un grand feu. Robert qui avait quitté ses bottes s'endormit immédiatement, les pieds tournés vers la flamme. Les enfants se chamaillaient à propos de l'un de leurs camarades qu'ils appréciaient différemment tandis que Julie évoquait sa mère et ses dons de couturière dont elle avait hérité.

J'étais peu attentive à leurs propos. A moitié somnolente je repensais à Merlaud et à notre étrange rencontre. Aussitôt le désir trouble qu'il avait éveillé en moi se manifesta et je compris que j'avais envie de lui, de sa laideur, de ses travers ! Je souhaitai qu'un jour sa main boudinée et blanche remontât vraiment jusqu'en haut de ma cuisse !

L'esprit échauffé par cette image, je me levai pour l'oublier. J'envoyai les enfants se coucher et rejoignis Lucien qui dormait déjà, malgré la lumière de la lampe de chevet.

En soulevant les draps pour me glisser dans le lit, je découvris sa nudité provocante. Je le réveillai par quelques caresses...

Tandis que nous faisions l'amour le visage de Merlaud à la fois disgracieux et souriant ne quittait pas mon esprit. Je le voyais dans l'obscurité en train d'assister à nos ébats, l'air de dire que je me trompais et que je devais partir à la recherche d'un autre plaisir, bien plus pervers. J'encourageai Lucien. Je voulais qu'il parvînt rapidement à la jouissance pour qu'enfin je n'eusse plus dans mon corps un homme que je haïssais et dans ma tête un autre qui me dégoûtait et m'attirait en même temps.

Quand ce fut terminé, je me laissai glisser doucement dans le sommeil. Lucien fumait une cigarette en aspirant régulièrement de grandes bouffées. Le rougeoiement de l'embout éclairait toute la pièce et les objets surgissaient furtivement de la pénombre pour y replonger aussitôt.

Je me sentais indifférente à tout. Merlaud s'était éclipsé. J'oubliais même la présence de Lucien quand il me parla :

« J'ai trouvé ton comportement de tout à l'heure bien surprenant ! Tu semblais prise en faute. On aurait dit que tu craignais quelque chose ? »

J'éprouvais de la difficulté à maîtriser les cognements désordonnés de mon cœur, mais aussi à rassembler mes idées. Je m'attendais si peu à ce qu'il engageât la conversation ! L'angoisse qu'il en sût plus qu'il ne le laissait voir m'étreignit violemment. Peut-être tentait-il, par des questions apparemment amoureuses, de m'amener à me découvrir ?

« Je te trouve peu perspicace pour une fois, répondis-je d'un ton ironique, j'étais simplement inquiète de ne voir personne lorsque je suis arrivée. N'est-ce pas normal ?

— Certes ! Mais de là à oublier ton propre anniversaire, il...

— Ecoute, l'interrompis-je, il doit y avoir une excellente raison à cela. Tu l'avais oublié depuis un certain nombre d'années, je crois ? » Il ne répondit rien et je m'endormis presque aussitôt.

3.

A la grande joie de Colette et Gérard, la neige commença de tomber dans les premiers jours de décembre. Dès qu'ils le pouvaient, ils sortaient et se lançaient dans d'interminables batailles de boules de neige.

Ce dimanche matin je les regardais par la fenêtre de la cuisine. Je me remémorais les mêmes jeux auxquels Germaine et moi nous nous livrions à leur âge, et je souhaitai qu'ils s'entendissent aussi bien que nous et durant aussi longtemps. De penser à ma sœur me donna envie d'aller me recueillir sur sa tombe.

En traversant la cour pour aller prendre la voiture, je m'approchai des enfants et leur proposai de m'accompagner. Ils refusèrent, ce qui ne m'étonna pas. Par contre je fus frappée par le ton inhabituellement cassant de Gérard qui s'échappa avant que j'eusse pu l'interroger sur les raisons de sa subite agressivité. Je renonçai à lui courir après, puis je filai au cimetière.

La pierre tombale de marbre noir apparaissait par endroits sous la couche de neige. Bien qu'il régnât alentour un profond silence, propice à la méditation, je ne songeai d'abord à rien. J'éprouvais seulement cette douloureuse sensation qu'une partie de moi-même se trouvait là-dessous et je pleurais.

Puis je revis cet après-midi où je l'avais découverte chez elle, inanimée dans son lit. Sur le moment j'avais vraiment cru qu'elle dormait et je ne l'avais pas secouée. Au contraire j'étais allée dans la cuisine y préparer du café. Je savais qu'elle aimait en avaler une tasse brûlante à son réveil. A mon retour dans sa chambre j'avais compris qu'elle était morte. Je ne savais toujours pas très bien ce qui me l'avait fait deviner. Peut-être ses yeux anormalement mi-clos ?

Grelottante de froid, j'essayai de saisir, sans grand espoir d'y parvenir, pourquoi elle avait décidé de rompre la complicité si forte qui nous unissait. Je lui en voulais d'être partie aussi vite sans même m'avoir laissé un mot d'explication. Elle le savait pourtant qu'elle était la seule à me comprendre !

Quelques flocons de neige venaient s'accrocher à mon manteau et fondaient rapidement. J'y vis un beau symbole de la mort. Je me demandai soudain si Germaine approuverait mon attitude vengeresse à l'égard de Lucien, mais je n'allai pas plus loin. Cela n'avait plus aucune importance.

Le vent vif qui s'engouffrait dans les allées du cimetière me décida à partir.

« A bientôt ! » dis-je à voix haute en m'éloignant.

Je fus heureuse de retrouver la chaleur qui subsistait dans la voiture. Je ne rentrai pas tout de suite. Je voulais profiter de la beauté inhabituelle du paysage et admirer de plus près la colline de Vézelay dressée dans le lointain telle la vigie du pays.

« Celle du bien... » pensais-je en démarrant.

Depuis longtemps j'étais impressionnée par la basilique qui la coiffait, et je m'étais même persuadée, sous l'influence de notre mère, que pour y pénétrer il fallait le mériter. Plusieurs fois j'avais projeté de la visiter, mais toujours, j'y avais renoncé ne m'estimant pas suffisamment « pure » pour le faire. Etrange attitude en vérité dans la mesure où je n'avais jamais cru en Dieu...

Au fur et à mesure que la route déserte défilait devant mes yeux, je retrouvais de vieilles sensations de liberté. Des tours à vélo avec Germaine... Mes premiers ébats amoureux avec un vague cousin que je n'avais jamais revu depuis... Durant les moissons lorsque je tenais le licol du cheval qui tirait la faucheuse... Joies de l'enfance qui avaient brutalement trouvé leur terme un jour de septembre 1943 lorsque les Allemands étaient venus arrêter mes parents à la ferme.

Sur ordre de mon père qui les avait vus arriver, Germaine et moi étions allées nous cacher dans un hangar. Blotties l'une contre l'autre nous avions assisté à tout. Avant de monter dans le camion bâché mon père et ma mère nous avaient adressé un petit signe discret, et nous avions éclaté en pleurs. Nous ne devions plus les revoir. Je devais l'apprendre plus tard, l'un et l'autre avaient payé leur appartenance au réseau de résistance local.

Parvenue à Saint-Père, en bas de la colline de Vézelay, je continuai tout droit vers Avallon. Avec les idées que j'avais en tête, je n'allais certainement pas grimper là-haut !

Je revins à la ferme pour le déjeuner. Durant celui-ci Gérard afficha le même regard buté qu'au moment de mon départ. A plusieurs reprises j'essayai de capter son attention, mais sans succès. Je décidai alors de provoquer une discussion avec lui dans l'après-midi, et je ne m'en préoccupai plus.

Ce fut une erreur. A deux heures Colette entra dans la cuisine, l'air affolé.

« Gérard est parti ! criait-elle, il a dit qu'il en avait marre ! »

Julie, qui ne paniquait jamais, haussa les épaules.

« Eh bien ça lui passera et il reviendra, va !

— Mais non ! répliqua Colette, secouée par les sanglots, il était sérieux ! »

Soudain inquiète je la rudoyai.

« Arrête de chialer, bécasse ! Et dis-nous plutôt où il a fichu le camp !

— Je n'en sais rien, maman ! Il m'a poussée dans le fossé à côté de la mare, et il s'est sauvé en courant. Je n'ai pas vu où ! »

Excédée je la repoussai et sortis sur le perron. Où avait-il pu aller ? Je pressentais que sa fugue avait un rapport avec son attitude frondeuse du matin, mais je n'en devinais pas le motif. Quoi qu'il en soit je devais le retrouver rapidement, sinon cette histoire risquait de prendre des proportions qu'elle ne méritait pas. Si Robert apprenait sa disparition, il en parlerait à Lucien qui ne manquerait pas d'en faire un drame. J'avertis Julie que je partais à sa recherche et qu'il n'y avait pas à s'en faire. Elle approuva.

« Ah les gamins ! marmonna-t-elle, on ne sait jamais ce qui leur passe par la tête ! »

Colette voulut m'accompagner mais je l'en dissuadai.

« Puisque tu ne sais rien, lui lançai-je méchamment, je n'ai pas besoin de toi ! »

Je m'engageai sur la route de Montigny. Tout en marchant j'envisageais les endroits où il avait pu se réfugier. Il en existait beaucoup depuis qu'il battait la campagne seul ou avec sa sœur. Cependant je me dirigeai d'abord vers sa « cabane », une maison abandonnée, à quelques centaines de mètres de la ferme. Depuis qu'il l'avait découverte, il y retournait sans cesse. Cette bâtisse avait appartenu jadis à une tante de Lucien décédée depuis plusieurs années. Celui-ci en avait hérité mais ne l'avait jamais entretenue. Je ne savais pas pourquoi. Pourtant il y tenait suffisamment pour ne pas avoir voulu la vendre à Germaine comme je lui avais proposé de le faire.

« On ne vend pas un tas de cailloux ! » m'avait-il répondu.

Gérard m'avait appris l'existence de sa « planque », comme il l'appelait, un jour que nous revenions d'Avallon.

« C'est là que je me cache, m'avait-il confié, quand je guette le mulot ou le lièvre pour les tirer avec mon arc... »

Il avait même insisté pour me la faire visiter. Comme à chaque fois que j'y avais pénétré, je l'avais trouvée plutôt en bon état, contrairement aux allégations de Lucien.

Plus je m'en approchais, plus j'étais convaincue que Gérard s'y trouvait. J'entrai doucement. La porte grinça sur ses gonds. Effectivement il était accroupi dans un coin de la pièce du bas en train de fabriquer des flèches. Je dissimulai ma joie. Il releva la tête puis reprit son travail.

« Eh bien mon chéri ? Qu'est-ce que tu fais là ? » m'inquiétai-je.

Il ne répondit rien, mais entailla sa branche avec plus de hargne. Je m'assis à ses côtés.

« Quelque chose ne va pas ? » repris-je.

Il se leva avec brusquerie et alla s'appuyer au chambranle de la porte comme s'il voulait pouvoir s'échapper sans que je pusse le retenir. Il me dévisagea à nouveau d'une manière effrontée.

« Pourquoi as-tu pleuré le jour de ton anniversaire ? » me demanda-t-il sèchement.

J'éprouvai de la difficulté à cacher mon trouble, tellement j'avais l'impression qu'en me posant cette question il me disait en même temps avoir découvert mes projets. J'essayai de me convaincre que cela n'avait pas de sens mais je n'y parvins pas. Son regard fixe et sa nonchalance, même si je la savais affectée, me paraissaient également accusateurs.

« Eh bien mon garçon... J'étais fatiguée... » bafouillai-je.

Il haussa les épaules et fit une grimace d'incrédulité.

« Depuis quelque temps tu n'es plus la même, maman ! » affirma-t-il calmement.

Il sortit. Je lui emboîtai le pas de peur qu'il ne se sauvât à nouveau, mais il reprit le chemin de la ferme sans hâte. Lorsque je m'approchai de lui pour l'embrasser, il s'esquiva. Je n'insistai pas et nous gardâmes le silence jusqu'à notre retour à la cuisine.

Le lendemain matin, l'article de Merlaud parut dans *L'Echo*. Ce fut le facteur qui me prévint, l'air embarrassé :

« Il y a quelque chose sur votre mari... »

Avec ce talent du sous-entendu qu'il possédait à la perfection, Merlaud laissait supposer que Lucien n'était rien moins qu'un vulgaire affairiste, prévaricateur de surcroît, qui usurpait quotidiennement son mandat de maire. Certes il ne s'agissait encore que d'une attaque biaisée sans réelles preuves, qui nécessitait qu'on lût entre les lignes pour bien en mesurer toute la portée. Mais déjà c'était énorme ! Pour la première fois depuis quinze ans on faisait descendre Lucien de son piédestal.

J'attendis son retour de la mairie avec une joie infantile. J'allais enfin voir le grand Nogaret atteint dans son orgueil, ce qu'il avait de plus précieux. Je chantonnais en donnant le grain aux poules, et écoutais les bavardages de Julie sans la rembarrer. Quand je percevais le bruit lointain d'une automobile je me sentais prise d'une excitation soudaine et me préparais à accueillir Lucien. Je le dévisagerais avec attention, j'essayerais de saisir dans son regard, dans ses gestes et derrière ses mots de colère les signes avant-coureurs de son angoisse. Je jouissais à l'avance du plaisir que j'imaginais avoir.

Il arriva vers onze heures. Je fus déçue. Il passa la tête par la porte de la cuisine, grommela un vague bonjour et rejoignit Robert pour l'aider à réviser le tracteur. Je devais faire une drôle de mine à en juger par la réflexion de Julie :

« Eh bien madame Nogaret, on dirait que vous avez vu le diable ! »

Je me remis à la préparation du déjeuner, des pigeons tués la veille par Lucien, mais j'avais l'esprit ailleurs. Je m'interrogeais sur la conduite à tenir. Devais-je aller le voir et lui parler de l'article, ou bien attendre qu'il le fît lui-même ? Finalement je choisis de patienter de crainte qu'il ne trouvât mon attitude suspecte. En effet, depuis que nous étions mariés, je n'avais jamais vraiment manifesté de l'intérêt pour sa vie publique et les attaques dont il avait pu être la cible.

A mon étonnement ce fut Robert qui lança le sujet alors que nous nous attablions pour le déjeuner. Il venait de déplacer le journal qui traînait sur sa chaise.

« Saloperie de torchon ! s'exclama-t-il, quand je pense à tout ce qu'on dit sur vous, monsieur le maire ! Des salauds ces journaleux ! Des salauds je vous dis ! Ils ne savent donc pas que s'ils peuvent respirer c'est grâce à vous ! »

Lucien leva la main pour le faire taire.

« Ce n'est rien, Robert, j'ai l'habitude d'être attaqué par les envieux ! »

Il prit son temps pour se servir puis reprit :

« La seule chose qui me turlupine c'est la manière dont ils ont pu inventer certains détails ! »

Je me tenais soudain sur mes gardes. Entretenait-il des soupçons à mon endroit ? Son silence, lorsqu'il était arrivé, m'inclinait à le penser.

Julie haussa les épaules d'un air fataliste.

« Ils sont comme les chiens ceux-là, à foutre leur museau partout ils finissent par trouver la merde ! »

Je pensais qu'il était temps de me montrer à mon tour compatissante :

« Mon pauvre Lucien ! C'est toujours ainsi quand on a le pouvoir et l'argent, tu le sais bien ! Mais il faudra qu'ils tapent beaucoup plus fort que ça pour nous ébranler ! Et ils nous trouveront sur leur chemin... La calomnie n'a jamais rien rapporté à leurs auteurs ! »

Lucien me sourit. Aussitôt je me sentis mal à l'aise. Il me semblait qu'il exprimait un remerciement mais aussi quelque chose d'autre, de beaucoup plus indéfinissable, qui faisait peur. J'essayai de ne rien laisser paraître de mon inquiétude lorsque je me levai pour chercher les plats.

« Je vais aller trouver Hubert, le directeur de *L'Echo,* dit Lucien et j'en profiterai pour avoir une conversation avec ce Merlaud. Il faudra bien qu'il me dise pourquoi il me cherche comme ça... Et surtout d'où il tient ses soi-disant informations. »

Je revins avec la cocotte pour un second service. Je croisai le regard de Lucien. J'y vis de la tendresse et me détendis.

« Tu as raison ! affirmai-je, pourquoi les laisserais-tu faire ? D'autant plus que ce qu'ils racontent n'est qu'invention, n'est-ce pas ? »

Lucien ne répondit pas. Par contre, Robert qui paraissait le plus choqué de nous tous, pointa son couteau devant lui.

« A coups de fourche faudrait les crever ces merdeux ! A coups de fourche ! »

On ne parla plus de l'article jusqu'à la fin du repas. Lucien se leva de table et avertit qu'il reviendrait pour le dîner. Il sortit, immédiatement suivi de Robert qui m'évoqua un chien à la recherche d'une caresse.

J'éprouvais une certaine amertume à voir Lucien aussi serein dans l'épreuve, mêlée à la crainte qu'il réussît par la menace à obtenir des aveux de Merlaud. D'un autre côté je me rassurais. Ce dernier m'avait donné un gage de complicité en écrivant cet article. Néanmoins je lui téléphonai. Je l'avertis que Lucien chercherait à le rencontrer pour lui demander des explications. Il m'assura que je n'avais pas à m'inquiéter. Il se réfugierait derrière le secret professionnel. Puis nous nous fixâmes rendez-vous le lendemain en fin d'après-midi chez la Jeanne.

Cette conversation m'avait réconfortée. Je me mis à repasser et à coudre jusqu'à ce que les enfants revinssent de l'école.

Dès qu'elle fut arrivée, Colette se plaignit d'une grande lassitude. Cela m'agaça de la voir aussi molle.

« C'est pourtant pas ce que tu fais en classe qui te fatigue ! » remarquai-je.

Elle ne répondit rien, tâchant tant bien que mal de retenir ses larmes. Excédée je l'envoyai se coucher. Dès qu'elle fut sortie, Julie me prit à partie.

« Pourquoi vous la harcelez ainsi la pauvre petite ! Vous voyez donc pas qu'elle devient femme ! »

Le ton de sa remarque avait été si cinglant que je demeurai sans voix. J'avais honte aussi de m'être montrée si peu perspicace. Prise de remords, je rejoignis Colette. Julie avait vu juste. Je la serrai dans mes bras et tâchai de la réconforter, mais il s'agissait plus d'une complicité féminine que d'une réelle compassion maternelle.

« C'est normal, lui dis-je, tu verras, ça revient tous les mois ! C'est plus ou moins douloureux. C'est ça d'être femme...

— Mais pourquoi on doit souffrir comme ça, maman ? demanda-t-elle.

— Ça, ma fille. C'est la nature qui le veut ! »

Elle se tut. J'en étais plutôt heureuse. Je me rendais compte que je n'avais jamais vraiment réfléchi à ma propre condition. Pour moi tout s'était passé le plus naturellement du monde, comme on dit, c'est-à-dire dans le silence. Je m'étais débrouillée avec les conseils de Germaine et avais calqué ma conduite sur la sienne, sans me poser d'autres questions.

Je profitai de ce que Colette s'était endormie pour sortir de la chambre. A peine fus-je dehors que je pleurai. Cela me fit du bien, comme si je me libérais enfin d'une souffrance trop longtemps étouffée.

Je fis alors quelques pas dans le pré qui jouxtait la

cour de la ferme. La grisaille du jour se mêlait aux premiers nuages sombres de la nuit. Des nappes de brume flottaient au-dessus de l'herbe et annonçaient le gel nocturne. Je sentais ma propre tristesse en harmonie avec celle du paysage. Robert, qui sortait de l'étable avec les seaux de lait qu'il portait à Julie, me tira de ma rêverie.

« Eh ! Vous allez attraper la mort à rester plantée là dans le brouillard ! »

J'acquiesçai d'un hochement de tête et retournai à la cuisine. Au moment où j'y entrais, Gérard en sortait. Il passa à mes côtés, la mine toujours renfrognée. Ulcérée par sa froideur je l'attrapai par le bras.

« Tu m'en veux donc toujours pour l'anniversaire ? lui demandai-je.

— Non ! Non ! » répondit-il sans conviction.

Il se dégagea de mon emprise et fila rejoindre Robert.

Je dormis mal cette nuit-là. Dans l'obscurité, prise entre le rêve et la réalité, mon désir de vengeance à l'égard de Lucien se mêlait au plaisir trouble que j'éprouvais en compagnie de Merlaud et les personnages de mon quotidien s'animaient d'une manière angoissante... Gérard, qui tenait la main de Julie, me jugeait, tandis que Colette pleurait en compagnie d'une petite fille que je ne connaissais pas. Robert riait comme un dément en agitant son couteau au-dessus de sa tête...

Je m'éveillai en sueur et sentis le corps chaud de Lucien. J'eus peur qu'il ne dormît pas et devinât les pensées qui m'agitaient. Je reculai jusqu'au bord du matelas et fixai les aiguilles phosphorescentes du réveil en attendant impatiemment l'heure du lever. Je ressassai alors toutes les raisons que j'avais de détruire Lucien. Je m'endormis enfin, certaine de retrouver la paix lorsque j'y serais parvenue.

Je ressentais une joie intense à rejoindre Merlaud chez la Jeanne. J'avais passé la même robe rouille que la première fois, convaincue qu'il y verrait un signe de complicité de ma part. Cette fois-ci j'étais la première. Il avait téléphoné à Jeanne qu'il arriverait en retard de quelques minutes. Elle m'installa dans la chambre « de l'œil » et s'éclipsa discrètement après m'avoir prévenue que si cela me chantait, il y avait justement du spectacle dans l'autre pièce.

Allongée sur le lit, j'hésitai un long moment à aller regarder par l'œilleton. Je considérais celui-ci avec répulsion, imaginant qu'il me découvrirait l'enfer. En même temps je prenais un certain plaisir à me figurer qu'on m'observerait en train de faire l'amour. Peut-être même existait-il un autre œilleton qui permettait aux voisins de le faire ? Je finis par succomber à ma curiosité, et m'approchai du mur.

Lorsque j'y accolai mon œil, je tremblai légèrement comme si je commettais une faute impardonnable, et que la terre entière avait les yeux braqués sur moi !

Je me détendis devant la banalité du spectacle. Un couple faisait l'amour le plus normalement du monde. Je ne connaissais pas la femme, qui grimaçait allongée sur le lit. L'homme me tournait le dos.

Je me demandais comment cela pouvait exciter Merlaud à ce point quand l'inconnu se retourna. J'eus un haut-le-corps en reconnaissant Clovis, le cafetier de Saint-Germain. Ainsi lui aussi fréquentait cet endroit ! Décidément tout le pays semblait se donner rendez-vous ici ! Je cessai d'observer la scène et imaginai la tête de sa femme si elle apprenait cela. Elle qui se tuait à la tâche en élevant ses trois enfants et en servant les clients, tandis que son mari jacassait derrière le comptoir !

Merlaud entra à ce moment-là. J'éprouvai une autre surprise, plus violente celle-là ! Ce n'était plus le même homme. Il avait réussi à faire oublier sa laideur grâce à un costume propre. Il s'était rasé de près, coiffé et arborait un sourire de conquérant, attendrissant tellement il paraissait déplacé.

« Ne me dévisage donc pas ainsi ! » me demanda-t-il presque implorant.

Je détournai les yeux et allai m'asseoir dans le fauteuil que j'occupais lors de notre précédente rencontre.

« Tu es contente ? » reprit-il.

J'acquiesçai, à peine concernée par l'objet de sa question. Ce désir presque paralysant qui m'avait saisie la dernière fois s'installait à nouveau au creux de mon ventre et y grandissait doucement. Je redécouvrais la laideur de Merlaud mais elle m'attirait. Je me sentais devenir sa proie sans pouvoir réagir, et j'espérais qu'il allait s'approcher, se faire plus pressant. Au lieu de cela il me racontait les difficultés dont il avait dû triompher pour pouvoir écrire l'article.

« Tu comprends, Hubert le patron jurait ses grands dieux qu'en se mettant Nogaret à dos, c'était la majorité du Conseil général qu'il s'aliénait ! Et si je voulais que *L'Echo* continue de me payer encore longtemps, il était préférable que je la ferme sur ces malversations. Et puis enfin, Nogaret n'était ni ne serait le premier à profiter d'une situation politique avantageuse pour s'enrichir... »

Tandis qu'il continuait, je détaillais son visage disgracieux, écrasé à l'encolure sur des bourrelets de graisse. Des yeux enfoncés et noyés dans l'auréole noirâtre des cernes, un nez disproportionné et broussailleux, enfin une bouche à la lippe pendante. Vraiment il ressemblait bien à un crapaud et pourtant... Je ne le voyais plus telle une horreur, mais plutôt comme une anomalie fascinante.

« Hubert a fini par céder, disait-il. J'étais bien content. A la fois de pouvoir attaquer Nogaret sur un terrain solide, mais surtout de te faire plaisir... »

Je sursautai en comprenant qu'il avait laissé sa phrase en suspens. Il me fixait avec insistance. En d'autres lieux je l'aurais traité de goujat. Ici je le trouvais attirant. Après un long moment de silence, il osa poser sa main sur mon genou comme s'il devinait mes pensées. Ses doigts esquissèrent un mouvement. Je ne l'en dissuadai pas. Au contraire, je me coulai doucement dans le fauteuil en écartant les jambes et les yeux mi-clos, j'attendis qu'il poussât la caresse jusqu'à son terme.

Sa main tremblait imperceptiblement comme s'il craignait d'être rembarré à chaque instant. J'aperçus son visage ruisselant de sueur qui s'approchait de moi. Ses petits yeux avaient la fixité de ceux d'un chat. Ce tableau, qui aurait dû me faire fuir, me faisait jouir.

Des vagues de plaisir successives prenaient naissance à plusieurs endroits de mon corps. J'accompagnais le mouvement habile de sa main... Simultanément je me réjouissais de vivre une joie physique totale que Lucien ne m'avait jamais fait connaître. Au contraire de quelques femmes que je fréquentais et qui évoquaient des amants séduisants et disponibles, j'allais me laisser prendre par un individu laid, repoussant même, et vicieux de surcroît !...

Bientôt je m'abandonnai totalement. Tout se brouilla dans ma tête. Qu'importaient mon désir de vengeance, les soucis que me causaient les enfants, ou même ma solitude ! J'exultais comme jamais cela ne m'avait été donné. Une autre Louise naissait...

Je sortis de ma torpeur, toujours affalée sur le fauteuil. Merlaud, assis à mes côtés, affichait un sourire qui me toucha. Il s'y exprimait de la tendresse, peut-être plus, mais j'avais l'esprit encore trop perturbé pour en être certaine. Je lui étais reconnaissante de ne pas m'avoir engagée à faire l'amour. J'y voyais une certaine délicatesse de sa part.

Il me dévisageait comme un adolescent sur le point de déclarer ses premiers sentiments. Je trouvais cela incongru et pourtant j'y étais sensible. Jamais je n'avais eu droit à un tel regard ! Tous les gamins que j'avais connus naguère n'avaient eu dans l'idée que de m'allonger dans la paille pour faire comme les grands.

Je me redressai, brisée de fatigue. Pour ne pas donner à Merlaud l'impression d'une victoire trop facile, je contins le sourire que je sentais naître à la commissure de mes lèvres.

« Ça t'a plu ? me demanda-t-il légèrement hésitant.

— Oui, le crapaud ! Ça m'a plu ! »

La réponse était aussi stupide que la question. Mais elle m'avait permis de le nommer par son sobriquet et de conserver, tout au moins le pensais-je, un ascendant sur lui. Il se leva.

« Tu peux m'appeler comme tu voudras, Louise, tu le sais ! » dit-il sans agressivité.

Il nous servit à boire, une sorte de liqueur un peu écœurante. Il s'installa sur le fauteuil qui me faisait face et demeura silencieux un long moment. Je gardais les yeux baissés pour ne pas rencontrer les siens qui fixaient mon corps sous ma robe moulante.

« As-tu de nouveaux tuyaux à me confier aujourd'hui ? » s'inquiéta-t-il.

Je secouai la tête. J'étais loin de penser à Lucien.

« Dans quelques jours…

— Il faudrait que ce ne soit pas trop long pour pouvoir le tenir sous pression. »

J'approuvai. Il n'avait pas de souci à se faire. J'avais trop besoin de lui maintenant pour attendre longtemps.

La colère de Lucien éclata quelques jours plus tard. J'étais d'autant plus surprise que je ne m'y attendais plus, et qu'elle se déclencha pour une broutille.

Alors que nous dînions, Colette venait de dire que Jean, l'un de ses camarades de classe, l'avait traitée de fille de voleur. C'était le fils du charron de Menades, l'un des plus farouches opposants de Lucien.

Ce dernier assena un violent coup de poing sur la table qui fit sursauter tout le monde.

« Tu diras à ce petit con que tu es la fille d'un homme honnête qui a réussi ! Ce qui est loin d'être le cas de son ivrogne de père ! »

Je pensais qu'il en avait terminé quand il reprit avec encore plus de véhémence :

« J'en ai plein le dos de ces types ! Qu'est-ce qu'ils ont à me tomber dessus comme ça ? Voilà quinze ans que ça roulait tout seul. On respectait les Nogaret ! Maintenant c'est fini. Il faut qu'on nous traîne dans la boue ! Comme ce minable de Merlaud… »

Robert, qui se sentait toujours complice de Lucien au point de se mettre en colère en même temps que lui, releva la tête de son assiette.

« Vous l'avez vu ce merdeux, monsieur le maire ?

— Et comment que je l'ai vu ! Mais il est pire qu'une anguille ! Quoi qu'on lui dise il a toujours une réponse à sortir de son chapeau ! Et quand il n'en a plus, il lui en reste encore une : le secret professionnel ! J'y ai droit, moi, en tant que paysan ou maire ? J'y ai droit, moi ! »

Je jubilais. Il n'avait rien pu tirer de Merlaud, et enfin sa confiance en lui-même, soi-disant inébranlable, commençait à se fissurer. Je le voyais à son visage crispé, ses gestes démesurés et désordonnés, et surtout à sa manière de se resservir du vin sans arrêt.

Colette, toujours aussi peu finaude, l'interrompit :

« C'est quoi le secret professionnel, papa ? »

Lucien hésita un instant à lui répondre, puis trouvant sans doute le moment inopportun, la rembarra :

« Tu ne peux pas la fermer ! Depuis quand tu coupes la parole à ton père ? Qu'est-ce que ça peut bien te foutre de savoir ce qu'est le secret professionnel ? »

J'en profitai pour intervenir en faveur de Colette :

« Ecoute, Lucien, elle n'y est pour rien si Merlaud t'a joué un sale tour. Parle-nous plutôt de lui et de ce que tu vas faire ? »

Déconcerté par cette nouvelle interruption, il avala une longue lampée de vin et reprit :

« Eh bien, tu l'as connu à l'école, non ? Tu dois bien savoir à quoi il ressemble ? »

J'acquiesçai avec un petit rire moqueur :

« Oh pour savoir comment il est fait, ça je le sais ! Tu parles, en classe on l'appelait le crapaud !

— Ça lui va parfaitement bien à ce salaud !...

— Bon, mais alors que comptes-tu faire ? »

Lucien fit une grimace dubitative.

« Je n'en sais encore rien mais en tout cas je ne m'en laisserai pas conter.

— Il y a qu'à le bousiller... » marmonna Robert.

Julie haussa les épaules.

« Cesse donc de dire des âneries ! lui lança-t-elle

d'un ton ironique, ça veut tuer tout le monde mais ça a peur des guêpes ! »

Robert replongea le nez dans son assiette, le rouge au front. Julie lui rappelait là un fâcheux souvenir. Un jour il l'avait appelée, effrayé, en lui affirmant que sa chambre était infestée de frelons. Elle y était entrée, en avait trouvé trois se heurtant aux vitres de la fenêtre, et consciencieusement les avait coupés en deux avec une paire de ciseaux.

Depuis ce temps-là, Julie évoquait cette histoire chaque fois qu'elle voulait ridiculiser Robert. Pour ne pas accentuer le malaise de ce dernier je m'adressai aussitôt à Lucien.

« Ça ne te ressemble pas de ne pas savoir quoi faire... J'espère que tu as de quoi répondre au moins ? »

Lucien me dévisagea l'air étonné.

« Ça ne te ressemble pas non plus de t'intéresser de si près à des bricoles de ce genre ?

— C'est vrai, admis-je, mais justement je pressens que ce ne sont pas des bricoles. Et qu'il nous faudra faire front ensemble !

— Madame a raison, renchérit Julie, qu'elles soient vraies ou non, elles peuvent sacrément vous nuire, ces jacasseries ! Dans ce cas-là il faut serrer les coudes et mettre bon ordre à tout ça ! Et vite ! »

Lucien paraissait ébranlé. Il avait toujours reconnu un sérieux bon sens à Julie et il l'écoutait bien souvent comme un oracle. Il n'ajouta rien et partit voir les bêtes à l'étable. Gérard et Robert lui emboîtèrent le pas.

Je fis la vaisselle avec Colette et Julie. Je me

sentais tellement satisfaite et détendue que j'allumai la radio. Je cherchai une station qui donnât de la musique et j'entraînai les autres à laver et à essuyer au rythme des tangos et des valses.

Au moment de me coucher, je fus prise d'une envie inattendue de faire l'amour. Lucien serait une nouvelle fois la dupe. En le laissant me prendre, je le rendrais encore plus vulnérable à mes suggestions, mais aussi affermirais mon désir de vengeance.

A chacun de ses coups de reins, je repensais à cette femme qu'il avait probablement aimée puisqu'il lui avait fait un enfant. A nouveau j'essayais de comprendre pourquoi il m'avait trompée à cette époque. Je n'arrivais pas à croire que ce fût uniquement pour le plaisir... Non ! C'était déjà pour me faire souffrir et s'en réjouir ! Comme avec Germaine, sa dernière victime.

Toutefois je trouvai plus de plaisir dans ses bras que je ne m'y étais attendu. Qu'importait ! La victime m'enlaçait mais c'était Merlaud, le bourreau, qui me possédait !

Quand ce fut terminé, il demeura sur moi, haletant, durant quelques minutes. Je désirai alors le repousser, tellement le contact de son corps immobile me dégoûtait. Je comprenais soudain ce que cela signifiait d'être totalement séparée de Lucien dans mon esprit, d'être enfin autre, d'exister par moi-même. Avec en plus, cette haine élevée entre nous comme une barrière infranchissable.

J'allais m'endormir lorsqu'il chuchota à mon oreille :

« Tu pensais vraiment ce que tu disais tout à l'heure à table ?

— Bien sûr, répondis-je avec fermeté, on ne va tout de même pas se laisser marcher sur les pieds par des colporteurs de ragots ! Non ? Il va falloir qu'ils respectent à nouveau les Nogaret !

— Tu as raison. »

Il avait murmuré cela avec une sorte de lassitude qui m'inquiéta.

Je me dégageai et repris :

« Lucien, je ne te comprends pas ! Toi d'habitude si fort et déterminé, te voici envahi par le doute ? Quelque chose ne va pas ?

— Non ! Non ! répliqua-t-il, peut-être suis-je un peu fatigué ? Mais surtout je n'ai pas grand-chose à répondre à ces accusations. La plupart sont malheureusement fondées... »

Cet aveu me combla de joie. Sans nul doute il m'offrait un nouvel atout. J'affectai la surprise.

« Ah ! évidemment, c'est ennuyeux ! Mais peut-être as-tu la possibilité de justifier ce qu'il raconte d'une manière plus avantageuse pour toi ? »

Il alluma une cigarette et fuma en silence.

« Je ne vois pas comment... avoua-t-il enfin.

— Eh bien raconte-moi tout ! lui suggérai-je, il se peut qu'à deux nous trouvions plus facilement ? »

Il récapitula alors chacune des accusations de l'article et me livra dans le détail le fond des affaires qui y étaient évoquées. Ce que j'avais pressenti s'avérait juste mais incomplet. Certes, Lucien et la Civile Immobilière cherchaient à réaliser une plus-value importante sur la vente de la Garancière, certes la Générale Céréalière destinée à opérer des transactions douteuses sur les céréales existait mais j'ignorais l'essentiel : d'une part Louvois le notaire était coactionnaire de chacune des entreprises, et il s'agissait de « blanchir » des sommes importantes dont Lucien refusa de me révéler la provenance.

« Laisse-moi réfléchir, lui dis-je, lorsqu'il eut terminé, il existe certainement un moyen de parer tout cela des plumes du paon... »

En même temps je me souvenais de l'histoire que j'avais servie au curé quelques semaines auparavant. Peut-être n'avais-je pas été si loin de la vérité ?

Lucien m'enlaça avec force. J'avais envie de rire.

Ce matin-là Julie et moi faisions la lessive dans la cuisine à cause du froid qui régnait dehors. Plusieurs lessiveuses bouillaient sur les feux tandis que nous passions au savon les vêtements les plus sales. Comme nous occupions toute la pièce, nous nous dépêchions pour avoir terminé avant le déjeuner. Lucien et Robert rentreraient fourbus de la chasse et n'aimeraient certainement pas manger dans ce capharnaüm.

Julie jacassait sans discontinuer. Elle passait d'un propos à l'autre comme si elle dévidait ses pensées au fur et à mesure qu'elles se formaient. Je n'osais lui demander de se taire, sachant très bien qu'alors, trop désemparée par le silence, elle ne ferait plus rien. Il ne me restait plus qu'à orienter tant bien que mal son bavardage...

Elle évoquait la maison abandonnée, « la cabane » où Gérard s'était réfugié quelques jours auparavant.

Elle ne comprenait pas pourquoi Lucien n'avait jamais voulu la réparer. C'était d'autant plus incompréhensible, selon elle, qu'il adorait cette tante à laquelle elle appartenait. J'essayai d'en savoir plus sur cette femme que je n'avais jamais connue.

« Oh ! s'exclama Julie, elle n'était pas ordinaire celle-là ! Nom d'un chien, elle ne fichait jamais rien mais elle se pavanait toujours dans de ces robes ! Probable que le vieux Nogaret, son frère, lui donnait de quoi vivre, sinon c'est à n'y rien comprendre !

— Et Lucien allait souvent la voir ?

— S'il y allait ! Il y était toujours fourré, oui ! Elle le gâtait, vous pensez ! Une vieille fille comme elle qui n'avait jamais eu d'enfants, ça n'avait rien d'étonnant !

— Et comment est-elle morte ?

— Dame ! Je n'en sais rien ! On a toujours raconté qu'elle avait eu un coup de sang, mais allez savoir ! D'ailleurs il ne s'est jamais rien passé de normal dans cette maison. Il n'y a pas encore si longtemps que ça, j'y voyais régulièrement de la lumière la nuit !

— Allons Julie ! Vous rêviez sans doute !

— Oh ! Je sais bien qu'on croit que j'ai la berlue ! Quand je l'ai dit à Robert, il m'a même répondu que je devais boire avant de me coucher ! Mais moi je sais bien...

— Et Lucien ? Vous lui en avez parlé ?

— Bah ! Vous savez bien comme il est ! Il s'est contenté de hausser les épaules !

— Et ça continue ?

— Non ! Maintenant c'est terminé ! Mais ça ne fait pas si longtemps ! Quelques semaines au plus ! »

Je n'accordai guère d'importance à ces propos, connaissant trop les histoires extravagantes que pouvait engendrer l'imagination fertile de Julie, et je me remis à ma tâche jusqu'au déjeuner.

Quelques jours passèrent. C'était un lundi. Il se mit à neiger au moment où les enfants partaient à l'école. J'avais envie de partager leur joie, et leur promis une bataille de boules de neige pour leur retour.

J'étais également heureuse parce que les habitudes de Lucien allaient changer. La veille il avait averti qu'il n'irait plus chasser aux aurores. J'allais donc pouvoir dormir plus tard le matin. Pour moi, ce n'était pas une mince satisfaction. J'avais l'impression d'y gagner une part supplémentaire de liberté.

Ce court moment de bonheur me donna une envie irrésistible de rencontrer à nouveau Merlaud.

J'attendis que Lucien fût sorti avec Robert pour refaire les litières des bêtes et j'appelai *L'Echo*. On me passa tout de suite Merlaud qui repoussa notre rencontre au lendemain. Il avait un reportage à faire sur le temps excessivement froid pour la saison et ses conséquences pour les agriculteurs. Evidemment cela ne souffrait aucun retard. J'étais tellement déçue que je l'accusai de se défiler.

« Tu ne veux pas qu'on se voie parce que tu as écrit l'article. Tu crois peut-être que c'est suffisant ? Mais… »

Il me coupa d'une voix impérieuse que je ne lui connaissais pas.

« Cesse de dire des âneries ! J'ai très envie de te... »

Ne sachant probablement pas comment terminer sa phrase, il la laissa en suspens. Prise au dépourvu, je gardais aussi le silence en tentant de dominer l'envie de faire l'amour qui s'éveillait en moi... En même temps j'éprouvais la crainte diffuse que Lucien pénétrât dans le couloir où je me tenais et je rapprochai le combiné de ma bouche.

« A quelle heure veux-tu que nous nous voyions ? chuchotai-je.

— A six heures au même endroit. »

Il raccrocha. Je l'imitai, légèrement tremblante. J'étais à la fois agitée par mon désir déçu mais très présent, l'amertume de n'avoir pas su imposer ma volonté, et enfin cette peur de me sentir entraînée dans un engrenage incontrôlable. Toute la journée je demeurai de mauvaise humeur.

Le soir, tandis que nous veillions auprès de la cheminée, j'observai discrètement Lucien. Je lui trouvais un comportement étrange. Depuis que nous avions terminé de dîner il nettoyait son fusil avec application, et en silence. Il graissait le mécanisme, contrôlait l'affût du canon, l'ouvrait et le refermait d'un geste brusque. Comme nous étions seuls je l'interrogeai :

« Je te trouve bien sombre ce soir ? Aurais-tu des soucis ? »

Il secoua la tête sans conviction, puis me regarda.

« Je suis très fatigué...

— Repose-toi, lui proposai-je. Mais je crois surtout que tu es inquiet de voir paraître d'autres articles, non ? »

Il acquiesça. Aussitôt je lui souris.

« Dans ce cas, détends-toi ! Nous allons trouver la parade, tu vas voir. Justement j'y ai réfléchi aujourd'hui. Tu ne peux rien contre le journal ?

— Non !

— Ni contre Hubert, son propriétaire ? N'aurait-il donc rien à cacher ?

— Non ! affirma Lucien. Au contraire même ! C'est un homme parfaitement irréprochable. »

Je me penchai vers l'âtre et remis quelques bûches en place en affectant de réfléchir.

« Et sur les affaires qu'ils ont soulevées, tu ne pourrais pas démontrer qu'elles sont propres ? Même si ce n'est pas tout à fait vrai, ça n'a guère d'importance. Après tout les hommes politiques sont d'abord des professionnels du mensonge ! »

Il émit un petit rire bref et alla ranger son fusil dans le râtelier. Un court instant il fixa le trou noir du canon. De loin il paraissait effondré. Il revint un peu plus tard et s'assit lourdement.

« Je me sens impuissant contre cette campagne de presse, Louise, lâcha-t-il d'un ton sourd. Et si elle continue je ne sais ce qui peut arriver...

— Mais enfin, m'exclamai-je, feignant une soudaine colère, cesse donc de te lamenter ! Trouvons plutôt un moyen de faire taire ces bavardages. »

A force de discuter, nous finîmes par imaginer une action qui semblait efficace. Lucien ferait imprimer un tract où il dénoncerait la campagne de *L'Echo* et ferait distribuer à tous les habitants de la commune.

Apparemment plus détendu, il demeura immobile à contempler les flammes. J'attrapai alors mon ouvrage de crochet qui représentait un chalet dans une campagne verdoyante et je me mis à broder le ciel bleu.

Soudain Lucien se leva et enfila sa lourde vareuse.

« Je vais faire un tour, dit-il, j'ai besoin de prendre l'air !

— Sous la neige ? » m'étonnai-je.

Il sortit sans répondre. Grognard qui somnolait sous le poêle lui emboîta le pas.

J'abandonnai ma couture et me laissai aller à ma jubilation. Ainsi le grand Nogaret commençait à vaciller sur ses jambes ! Simultanément, j'étais un peu déçue de le voir si rapidement ébranlé. Avait-il donc perdu la force qui l'animait naguère quand il engageait une bataille contre un adversaire politique ? Qu'en serait-il quand cela commencerait à jaser sérieusement sur son compte dans la région ?

Abrutie par la chaleur intense du feu, je me levai et jetai un coup d'œil par la fenêtre. J'aperçus la lueur de sa lampe-tempête qui se balançait au loin dans la nuit noire, comme une luciole. J'y vis le symbole de son égarement.

Lorsqu'il revint je dormais déjà depuis longtemps. Je m'éveillai brusquement, ne sachant plus si j'entrais dans un cauchemar ou si j'en sortais. Je regardai le réveil : deux heures !

« Eh bien ! Qu'as-tu fait pour revenir si tard ? le questionnai-je, intriguée.

— Rien ! Rendors-toi ! » répondit-il d'un ton agacé.

Cela me mit d'autant plus en colère que j'éprouvais la désagréable sensation qu'il voulait me cacher quelque chose.

« C'est égal ! m'exclamai-je, tu pars à pied à onze heures. Tu reviens trois heures plus tard et je ne devrais pas m'étonner alors qu'il neige et gèle à pierre fendre !

— Tais-toi donc ! Ce n'est pourtant pas sorcier ! Je suis allé terminer un travail à la mairie. Voilà tout ! De toute manière tu n'étais pas si inquiète que ça puisque tu dormais quand je suis rentré ! »

Il avait raison et je ne répliquai rien. Il s'allongea. Je me recroquevillai à l'autre extrémité du lit et tentai d'atténuer la soudaine angoisse qui m'étreignait. Lucien me mentait ! J'en avais l'intuition, presque la certitude. Mais alors, pourquoi agissait-il ainsi ? Il éteignit. L'obscurité me calma légèrement. Dans le fond, s'il me racontait des histoires à cette heure-là, ce ne pouvait être que pour un motif futile. Protéger sa tranquillité par exemple ?

Lorsque je sentis le contact de sa jambe contre la mienne je pensai aussitôt à Merlaud...

Je m'endormis en regrettant que Lucien ne fût pas plus vindicatif à mon égard. J'en avais toujours besoin pour aviver mon désir de le détruire.

4.

J'avais hâte de me retrouver chez Jeanne, et de ressentir à nouveau dans les bras de Merlaud cette excitation dont le souvenir ne me quittait plus. Je passai la robe rouille et demeurai plus longtemps que d'habitude devant le miroir à me maquiller.

Je traversai en coup de vent la cuisine, où Julie s'étonna de me voir si « peinturlurée », puis je filai. Probablement la vieille avait-elle dans l'idée que j'allais rejoindre un amant mais je m'en fichais éperdument. Pour le plaisir qui m'attendait j'étais prête à prendre tous les risques.

Je connaissais par cœur le chemin qui menait de la ferme à Pontaubert. Ce n'était pratiquement que de la forêt touffue. Celle-ci m'effrayait mais j'aimais cette sensation.

La maison close dominait le Cousin, une rivière au bord de laquelle résidaient quelques riches familles d'Avallon ou même de Paris. Bien que tout le monde connût la nature du commerce de la Jeanne, jamais personne ne l'avait réprouvé. Dans le pays on disait même en riant que Madeleine recevait plus que Lazare, en allusion à l'église d'Avallon...

Tandis que je roulais à vive allure, je trouvais étrange d'être aujourd'hui une habituée de ce lieu alors qu'il m'avait toujours inspiré une répulsion prononcée. Bien sûr, mon attirance pour Merlaud, ma dépendance même à son égard, y étaient pour quelque chose. Mais il n'y avait pas que cela. L'atmosphère de l'endroit me semblait aussi magique qu'une plante aphrodisiaque. Je me demandai si Lucien avait déjà fréquenté cette maison. Certainement non ! Il avait préféré la roulure d'Avallon ! Des bouffées de haine m'échauffèrent le visage ! Jamais je ne lui pardonnerai ! Jamais ! D'ailleurs un jour je la retrouverai, et publiquement je la dénoncerai. Cela me donna d'autant plus envie d'être enlacée par Merlaud. Dans ses bras je me vengeais déjà...

La Jeanne m'ouvrit avec un sourire complice. Je le perçus comme un signe de reconnaissance réservé aux initiés, et j'en éprouvai une certaine fierté. D'épouse imbécile de notable, je devenais une femme privilégiée.

Désormais, je connaissais chaque marche qui menait à « notre » chambre. J'aurais voulu pouvoir les gravir plus lentement pour mieux sentir mon ventre s'échauffer, mes jambes s'amollir et mon cœur se mettre à battre de manière désordonnée.

Il m'attendait en slip, et vêtu d'une chemise, entrouverte sur son torse énorme et poilu. Il était laid, repoussant même, et pourtant j'avais envie de tendre la main, et d'aller chercher son sexe dans les replis de son ventre. Cependant je restai debout, encore gauche comme le sont les novices.

Il me dévisageait en silence. Pour me réconforter, je lui supposai un sourire derrière la fumée de son cigare. J'allais m'asseoir dans le fauteuil habituel lorsqu'il m'arrêta d'une voix autoritaire :

« Déshabille-toi ! »

Je demeurai interdite, choquée par cet ordre absurde. Pourtant, les yeux fixés dans les siens je commençai à déboutonner ma veste et à me défaire de mes escarpins. Lorsque ma robe, puis ma combinaison effleurèrent ma peau en tombant à mes pieds je fus parcourue d'un frissonnement de plaisir presque insupportable. Merlaud fumait de plus en plus vite, en s'excitant de son autre main. Quand je fus complètement nue, il m'entraîna vers le lit, et m'entreprit avec une puissance et un art que je ne lui soupçonnais pas.

A certains moments, plus lucide qu'à d'autres, je l'entendais répéter à mon oreille :

« Depuis l'école j'en avais envie, Louise ! Depuis l'école... »

Et moi-même, emportée par un tourbillon d'inconscience je lui répondais que je l'aimais !

Je fus longue à récupérer mes esprits, mais surtout à me souvenir de tous les détails que je voulais lui livrer à propos de la Garancière et de la Générale Céréalière. Les aveux de Lucien me revenaient en mémoire, éclatés et dissimulés par des pensées plus immédiates liées au bien-être que j'éprouvais. Toutefois, Merlaud semblait impatient de m'entendre et je faisais un effort pour répondre avec précision à ses questions. Le nombre d'hectares de la Garancière ? Le montant de la transaction ? Le chiffre d'affaires de la Générale Céréalière ?...

Je parlais avec précipitation pour parvenir plus rapidement au terme de l'interrogatoire et pouvoir à nouveau attirer Merlaud contre moi. J'avais tellement envie qu'il fût en moi que j'attirais parfois sa main pour qu'il me caressât. Il s'y refusa jusqu'à la fin de mes confidences !

Alors seulement ses doigts effleurèrent mes seins. Je fermai les yeux, convaincue que nous allions à nouveau faire l'amour. Je me trompais. Avec maladresse il sauta du lit et reprit sa place dans son fauteuil.

Son regard impudique parcourait mon corps nu. Je ne parvenais même pas à bouger.

« Tu es belle ! » dit-il tout à coup d'une voix rauque.

Ces quelques mots me libérèrent de mon engourdissement. Je me dissimulai sous le couvre-lit. Enfin je respirais. La tête appuyée sur mon coude j'osai le dévisager à mon tour.

« Quel est ton prénom ? lui demandai-je, à toujours dire le crapaud j'ai fini par l'oublier...

— Continue de l'oublier. Je t'ai déjà dit que je préférais que tu m'appelles le crapaud ! Tu es la seule à le faire ! »

J'étais émue. N'était-ce pas de sa part un témoignage de complicité, une sorte de pacte ? Moi-même j'avais au bord des lèvres l'aveu amoureux, plus réfléchi cette fois-ci. Oui j'aimais cet horrible personnage ! Oui ! Et je pensai que rien ne pourrait me distraire de ce sentiment ! Il était d'autant plus fort, évident, qu'il me rattachait à une monstruosité, à une sorte d'erreur que Dieu aurait commise ! Et Merlaud me paraissait beaucoup plus prometteur de vie et de joie que d'innombrables autres hommes, normaux et si sûrs de leur pouvoir de séduction. Pourtant je gardai le silence. J'éprouvais le même sentiment de ridicule que j'avais connu adolescente face à mes premiers flirts.

Huit heures sonnèrent. Je bondis du lit et commençai à me rhabiller avec fébrilité.

« Pourquoi te presses-tu ainsi ? me demanda Merlaud.

— Il ne faut pas que mon absence semble suspecte là-bas ! »

Il sourit. Le dessin de ses lèvres était si séduisant que j'eus envie de l'embrasser.

« Garde ton calme ! reprit-il, si la vengeance est un plat qui se mange froid, encore faut-il qu'il soit servi avec sang-froid ! »

Il éclata de rire, apparemment satisfait de son jeu de mots. Bien qu'il me parût stupide j'esquissai un vague sourire. J'avais l'esprit préoccupé. Que pensait Julie de mon départ précipité ? Les enfants s'étaient-ils étonnés de ne pas me trouver à la maison à leur retour de l'école ? Lucien était-il déjà là-bas ?

Merlaud me retint sur le pas de la porte.

« Revoyons-nous seulement après que le prochain article soit paru. »

Je me gardai de protester. A son regard je compris qu'il ne se laisserait pas fléchir.

Je roulai vite en espérant que cela atténuerait mon inquiétude, et je gardai les vitres de la voiture ouvertes afin que l'air froid fît disparaître le feu de mes joues.

Quand j'arrivai, ils étaient tous à table.

« Ah te voilà ! me lança Lucien d'un ton coléreux, ma femme sera donc la dernière prévenue de ce qui m'arrive ! »

Julie et Gérard me dévisageaient d'un air de reproche. Robert feignait d'être occupé à tremper son pain dans sa soupe, tandis que Colette lisait à la dérobée le journal disposé à côté de son père.

« Eh bien quoi ? m'étonnai-je, qu'est-ce qu'il y a ?

— Il y a, reprit Lucien rouge de fureur, que Charlieux m'a traité de collabo au cours de la séance du Conseil ! Voilà ce qu'il y a !

— Ça ne casse pas trois pattes à un canard ! risqua Julie.

— Taisez-vous ! lui ordonna Lucien, je sais faire la différence entre ce qui est grave et ce qui ne l'est pas ! Me traiter ainsi, c'est mettre en doute ma guerre et tout ce que j'ai combattu !

— Calme-toi, lui dis-je, et raconte-nous plutôt comment ça s'est passé ?

— Quelle importance ! Nous parlions politique et nous nous sommes énervés. Nous nous sommes même battus ! J'ai exigé des excuses mais il a refusé de me les donner ! Il a claqué la porte en gueulant qu'il reviendrait avec d'autres munitions, et que là il faudrait bien que je dise la vérité ! »

Il avala deux verres de vin coup sur coup.

« Et de quoi voulait-il parler ? demandai-je.

— Ce que je sais ! »

Gérard regardait son père avec admiration.

« Et tu l'as amoché ? »

Lucien ne lui répondit pas.

« On n'a qu'à lui tailler les moustaches à la chevrotine à ce zèbre-là ! marmonna Robert. Quand vous voudrez, monsieur le maire ! Comme en Indo ! »

Lucien haussa les épaules. Moi, j'exultais. Ainsi le brave curé d'Avallon n'avait pas su tenir sa langue et comme prévu avait tout rapporté à sa gouvernante ! Dieu savait comment celle-ci avait brodé ensuite ? Probablement n'allions-nous pas tarder à entendre dire que Lucien avait eu une maîtresse et une fille naturelle !

Celui-ci paraissait réellement éprouvé par cette attaque sur son passé de résistant. N'avait-il pas justement fondé toute sa carrière politique sur les idéaux qui avaient justifié son combat contre l'occupant ?

Je repensai à tout ce que j'avais confié à l'abbé. Je demeurais certaine que Lucien n'avait jamais dénoncé « le Chat » ou qui que ce fût d'autre. Mais en même temps j'étais persuadée, connaissant son intérêt pour l'argent, qu'il avait très bien pu tirer profit de la situation désespérée de son chef. Je n'oubliais pas qu'il était demeuré fort évasif au sujet des fameux capitaux investis dans ses entreprises immobilières et céréalières...

Mais qu'importait tout cela ! Il serait toujours

temps de cerner la vérité et de l'exploiter ! Pour l'heure je préférais goûter le lent effondrement de Lucien, observer le doute en train de s'installer en lui, et pour finir, m'offrir comme son rempart le plus sûr contre la calomnie !

« A mon avis, lui dis-je d'un ton détaché, reste donc indifférent à ces racontars ! Sinon tu apparaîtras manquer de sang-froid et ça provoquera un très mauvais effet sur tes électeurs ! Connaissant ton attachement à la Résistance, Charlieux aura seulement pensé t'atteindre avec certitude en t'attaquant là-dessus, mais il n'y aura pas de suite ! Tu verras ! »

Avais-je été à ce point rassurante ? En tout cas Lucien parut se détendre et recommença de manger. J'étais satisfaite de mon efficacité et pensai à la nuit qui venait. Même si cela me dégoûtait, je décidai de lui abandonner mon corps.

Le repas se termina dans une ambiance agréable. Je fus seulement troublée par le regard insistant de Gérard. Il s'y lisait comme une accusation...

Ainsi que je l'avais pressenti, Lucien voulut faire l'amour. Je le laissai s'agiter en affectant parfois de l'accompagner dans sa recherche du plaisir. En fait, les yeux rivés sur une auréole d'humidité qui ternissait le plafond, je pensais à Merlaud et me demandais comment il faisait pour concilier sa vie familiale et celle plus secrète que nous partagions. Probablement faisait-il comme moi ? Il se livrait à un double jeu très excitant mais aussi très dangereux. En fait nous nous ressemblions et j'étais certaine que cela nous rapprocherait encore plus au fil des jours. Je lui devais de m'avoir fait découvrir à moi-même et de me donner du courage. Je savais pourquoi je l'aimais...

A cet instant Lucien exprima bruyamment sa jouissance. Cela laissa mon corps indifférent.

Allongé sur le dos il ne tarda pas à me parler :

« Tu as raison, je crois ! Il faut afficher une attitude sereine face à toutes ces accusations ! Je ne vais pas, en plus, leur offrir le plaisir d'y répondre !

— Mais oui ! répondis-je. Tu penses bien que Charlieux et d'autres ne pensent qu'à prendre ta place. Tous les prétextes pour pouvoir t'affaiblir leur seront bons !

— Eh bien, qu'ils essaient ! s'exclama Lucien soudain ragaillardi, ils trouveront à qui parler ! »

Il alluma la lampe de chevet pour attraper ses cigarettes. Le halo de lumière éclairait son visage qui disparaissait parfois derrière la fumée qu'il recrachait. Si je le haïssais je comprenais néanmoins pourquoi quinze ans auparavant j'avais pu tomber amoureuse de lui. Il était beau et la force qui émanait de lui, tant qu'elle n'écrasait pas, pouvait donner de l'assurance. Germaine lui avait trouvé de la prestance lorsque je lui avais présenté.

« Un beau gars ! Un beau gars ! » m'avait-elle répété plusieurs fois en me faisant un clin d'œil.

J'étais fière ce jour-là. D'autant plus, qu'étant la cadette, j'étais quand même la première à me caser. Bizarrement, Germaine n'avait jamais rencontré un homme qui lui convînt ! Lorsque je m'en étonnais, elle me répondait qu'elle était trop exigeante ! Au début, je pensais qu'il s'agissait de sa part d'une explication de circonstance. Beaucoup plus belle que moi, les hommes papillonnaient sans cesse autour d'elle. Et puis au fil des années, j'avais fini par la croire, au point que nous plaisantions souvent ensemble à propos de son célibat. Elle-même m'assurait que si cela continuait ainsi elle finirait bonne sœur.

« Tu sais, j'ai fait arranger la tombe par le cantonnier ! » dit soudain Lucien.

Je sursautai. A croire qu'il lisait dans mes pensées. Lui qui pas une fois n'avait évoqué ma sœur depuis sa mort !

« C'est drôle, je pensais justement à Germaine ! répondis-je.

— Oui ! C'est drôle ! » marmonna-t-il.

Puis il se retourna pour écraser son mégot. Aussitôt après il éteignit et me souhaita bonne nuit.

Je ne parvenais pas à dormir. J'étais écœurée qu'il eût osé se préoccuper de la propreté de la tombe, pour se faire pardonner son attitude inqualifiable à l'égard de Germaine. Je trouvais cela dérisoire et bien à la mesure du bonhomme. Tyran mais lâche ! Non seulement je regrettais encore moins tout ce que j'avais tramé jusqu'ici, mais je souhaitais avec force qu'à l'avenir il fût aux prises avec des accusations encore pires. Grâce au curé et à Merlaud, cela n'allait pas tarder. Je finis par m'assoupir, rassurée.

Le lendemain nous nous retrouvâmes tous ensemble dans la cuisine pour le café. Les enfants, qui ne voulaient pas rater le car de ramassage, avalaient leur lait debout. Cela agaçait toujours Julie. Elle ronchonnait qu'à courir comme ça les gamins finiraient par attraper un coup au cœur. Sans doute, sa manière à elle de leur dire qu'elle les aimait... Robert coude à coude avec Lucien mastiquait en silence. Il attendait les ordres de monsieur le maire...

« On va aller pister le gibier ce matin, dit ce dernier. Pour Noël ce serait bien qu'on fasse du civet. N'est-ce pas Julie ?

— C'est sûr, répondit celle-ci, ce sera toujours meilleur que les saloperies du boucher ! »

Gérard et Colette s'animèrent brusquement. Ils voulaient un sapin, mais surtout un vélo chacun, ce qui leur permettrait d'aller jouer plus facilement avec les copains des fermes voisines.

« On verra ça... » grommela Lucien en se levant.

Il se dirigea vers le râtelier avec Robert.

« Mais qu'est-ce que tu vas donc chasser avec cette neige ? » remarquai-je.

Robert répondit à sa place.

« Ne vous inquiétez pas, on trouvera, madame Nogaret ! L'hiver sous le couvert des bois il y a toujours des bêtes qui ne tiennent pas en place ! Il y a même des braconniers, tiens ! »

Julie haussa les épaules.

« Ce n'est pas ce qu'on te demande, imbécile ! Ce ne sont pas les braconniers qu'on va mettre dans la cocotte ! »

Lucien me dévisagea, étonné. Visiblement, il ne s'attendait pas à une telle question de ma part.

« On reviendra vers midi pour déjeuner ! » prévint-il en rentrant quelques cartouches dans sa ceinture.

Ils sortirent avec les enfants qui se précipitèrent aussitôt vers la nationale. Grognard hésita un moment, puis finit par suivre les chasseurs.

Je demeurai assise à ma place. On entendait décroître les aboiements du chien. Dans mon dos Julie alimentait la cuisinière. Noël bientôt ? Je n'en revenais pas que le temps eût passé si vite ! Deux mois déjà que Germaine était morte ! Deux mois passés aussi à laminer Lucien... Cette fête m'effrayait. Je n'avais pas le désir de commémorer quoi que ce fût, et encore moins celui de faire des cadeaux ou d'en recevoir. Tout cela me paraissait incongru !

Ne voulant pas me laisser envahir par la mélancolie, je me levai et sortis sur le perron. Je guettai le facteur avec l'espoir qu'un article figurerait déjà sur le journal. Je savais pourtant que c'était totalement impossible, mais cela me permettait d'entretenir un instant l'illusion que j'allais revoir Merlaud très rapidement. « Nous nous rencontrerons dès que le papier sera paru ! » avait-il dit. Savait-il alors qu'ainsi il m'enchaînerait encore plus à lui, durant quelques minutes quotidiennes ? Le temps que je consacrerais à attendre le facteur et à lire *L'Echo* chaque matin. J'éprouvai une joie intense à l'idée de nous retrouver à l'insu de tous. Nous défiions ainsi les lois de la morale et du conformisme, si bien partagées entre Lucien et tous ceux qui lui ressemblaient. Tout juste bons à s'afficher en ville au bras de traînées, et à leur faire des gosses sans les reconnaître ! Non ! L'amour que je partageais avec Merlaud ne ressemblait à aucun autre...

Après avoir vérifié qu'il n'y avait rien dans le journal, j'aidai Julie à repasser. Ce n'était pas le travail qui manquait. Avec le froid qu'il faisait, le linge séchait mal et il fallait presque frotter avec les fers pour le déplisser.

A midi Robert revint seul de la chasse avec Grognard.

« Eh bien, où est Lucien ? m'étonnai-je.

— Bah ! Monsieur le maire m'a laissé juste avant qu'on arrive à la maison abandonnée, répondit Robert en jetant un lièvre sur la table. Il m'a dit de continuer tout seul. Et qu'on ne l'attende pas pour manger, il va venir un peu plus tard. »

Je trouvai étrange le comportement de Lucien, et décidai d'aller au-devant de lui. J'enfilai un manteau et sortis. Tandis que je marchais je me trouvai ridicule. Qu'avais-je besoin de me précipiter à sa rencontre ? A me glacer les pieds dans cette neige qui luisait sous les pâles rayons du soleil ? Un instant je m'arrêtai, prête à rebrousser chemin, puis je continuai. Non, décidément la décision de Lucien ne s'expliquait pas. Par ce chemin il ne pouvait pas rejoindre la mairie...

Quand je parvins devant la maison, il en sortait le fusil à la main. Il réprima un sursaut.

« Bon dieu, tu m'as fait peur ! s'exclama-t-il, mais que viens-tu faire ici ?

— Eh bien je te pose la même question ! Nous t'attendons pour déjeuner et...

— Je venais voir ce qu'on pouvait faire de ces pierres, voilà tout ! »

Il s'accroupit et se mit à examiner le chambranle de la porte. Je trouvai agaçant qu'il ne me regardât pas.

« Ah ! Donc tu t'es décidé à remettre cette maison sur pied ?

— Je ne sais pas... »

Il se redressa. Je croisai furtivement son regard. Je crus y discerner une gêne mais sans en être certaine. Nous nous mîmes en route l'un derrière l'autre. J'avais du mal à ne pas me retourner. Je sentais son regard dans mon dos et je l'imaginai soudain en train de braquer son arme sur moi...

« Tu sais, dit-il, j'ai réfléchi à ce que tu m'as dit l'autre nuit. Il faut vraiment que je me sente serein avec Charlieux et les siens. D'ailleurs les uns et les autres devront se dévoiler ! Je vais organiser une chasse dans notre bois de Luzy à la fin de la semaine prochaine. Je verrai bien ceux qui viendront !

— C'est une excellente idée, répondis-je, mais je t'en prie enlève les collets que vous avez posés pour les braconniers ! Tu ne vois pas que l'un de tes invités se prenne les pieds dedans ! »

Il éclata de rire.

« Il y en a certainement parmi eux à qui ça ferait du bien ! Mais tu as raison, je vais demander à Robert de s'en occuper ! »

L'après-midi, Lucien affûta les outils qui serviraient au retour des beaux jours. Il s'était installé avec Robert dans l'atelier qui jouxtait la cuisine. Tandis que l'ouvrier activait la manivelle pour faire tourner la pierre qui baignait à moitié dans une cuve d'eau, Lucien appliquait méticuleusement les lames contre elle. Cela faisait un bruit infernal et Julie ne cessait de tempêter.

« Mais nom d'un chien ! Qu'est-ce qu'ils ont à aiguiser comme ça ! Il n'y a rien à couper en ce moment ! »

J'allai les voir. Je trouvais émouvant de constater combien les gestes de Lucien ressemblaient à ceux de mon père. Lui aussi je venais le regarder. J'étais surtout impressionnée par la gerbe d'étincelles qui s'élevaient dans les airs pour y mourir très vite... En même temps elles m'effrayaient et j'avais demandé à papa si je risquais de me brûler en approchant la main. Il m'avait rassurée en faisant lui-même le geste.

« Ça picote juste un peu, m'avait-il expliqué, mais c'est normal ! A aiguiser la ferraille ça l'use, et ça projette de la limaille ! »

Germaine ne m'accompagnait pas ce jour-là. Elle n'aimait pas le travail des hommes, peut-être même papa ? Elle préférait demeurer des heures auprès de maman. Sa seule passion était d'apprendre à cuisiner. Je la revoyais en train de guetter l'Almanach au courrier, uniquement pour y découper des recettes !

Je proposai à boire à Lucien et Robert qui acceptèrent et nous revînmes ensemble à la cuisine. Les enfants arrivèrent de l'école au même moment. A les voir accourir en criant depuis l'autre côté de la cour je pressentis qu'il était arrivé quelque chose. Chacun d'eux voulait parler le premier. Lucien se fâcha et donna la parole à Colette.

« C'est vrai que nous avons une sœur ? » demanda-t-elle hors d'haleine.

Je ne dis rien et observai la réaction de Lucien. Il haussa les épaules, l'air indifférent.

« Qu'est-ce que c'est que cette histoire ? »

J'admirai sa maîtrise. Rien dans son attitude ne laissait deviner la vérité.

« C'est René, le fils du postier, qui me l'a dit. Ses parents en parlaient hier soir. A ce qu'il paraît, elle aurait une autre maman... »

Je me retenais pour ne pas manifester ma joie. Ainsi la gouvernante du curé avait fait son travail jusqu'au bout. Et de surcroît, elle avait choisi de faire ses confidences aux plus bavards d'Avallon !

« Eh bien ils feraient mieux de parler d'autre chose ! Ils ne perdraient pas leur salive pour rien ! » lâcha Lucien.

Il nous entraîna vers la cuisine. Alors que nous y entrions il me dévisagea un court instant. Son regard exprimait une interrogation mêlée à de l'inquiétude. Apparemment il ne comprenait pas ! Quel excellent comédien il faisait là ! Sûrement aurais-je marché si je n'avais pas connu la vérité.

« Dame ! Des postiers c'est fait pour cancaner ! » jugea Julie après que Gérard lui eut raconté l'histoire.

Lucien s'assit et questionna à nouveau Colette.

« Comment t'a-t-il rapporté ça, ton copain ?

— Oh, il m'a affirmé que tu aurais eu une fille il y a très longtemps avec une dame du coin. Alors avec Gérard on lui a dit que ce n'était pas vrai ! Mais il a insisté...

— Et il ne t'a pas révélé le nom de la femme avec

qui j'aurais eu cet enfant ? demanda Lucien en souriant.

— Non ! Mais je l'interrogerai demain si tu veux...

— C'est ça ! conclus-je, et s'il ne te le dit pas, tu pourras le traiter de vieille pie ! »

Décidément je n'en revenais pas. Comment Lucien pouvait-il rester aussi calme en entendant sa faute révélée par Colette ?

J'avais envie de me précipiter sur lui, de le saisir au col et de hurler que c'était vrai ! Que les enfants avaient bien une sœur ! Et que j'avais été trompée, humiliée par leur père ! Je voulais qu'enfin ils apprissent quel genre d'homme il était !

Je me calmai. Je préférais attendre que nous nous retrouvions dans notre chambre. Alors je l'entendrais maudire ceux qui répandaient ces bruits ! Il me prendrait à témoin de son accablement et de sa colère, et surtout il me demanderait conseil sur la meilleure manière de réagir ! Il « me » demanderait ! Ce comble de l'absurde me réjouissait trop pour que je laisse éclater ma fureur !

Aussitôt que nous fûmes couchés, j'évoquai cette rumeur.

« C'est incroyable ce qu'on ose colporter quand même !

— Bah ! Ce n'est pas grave ! répondit-il, les gens ne savent plus quoi dire aujourd'hui alors ils inventent tout et n'importe quoi !

— Mais enfin, Lucien, tu te rends compte du tort que ça peut t'occasionner ?

— Penses-tu, c'est bien trop gros ! Qui croira des fadaises pareilles ? »

Je me tus en dissimulant ma déconvenue. Comment pouvait-il mentir aussi sereinement ? Peut-être la mère et la fille avaient-elles quitté le pays ? Ou bien étaient-elles mortes tout bonnement ?

« Je crains beaucoup plus les articles de *L'Echo*, reprit-il, ce sont aussi des bavardages mais ils sont fondés sur une certaine vérité ! »

Cette dernière remarque me le rendit encore plus haïssable. Ainsi, il trouvait ses magouilles financières plus importantes que de m'avoir trompée ? Vraiment il fallait que j'eusse peu existé dans son esprit et dans son cœur pour en arriver là ! Furieuse, je me retournai pour dormir. Lucien éteignit.

Plongée dans l'obscurité, je repensai à Merlaud, ou plutôt mon corps repensa à lui ! Le désir à nouveau réveillé me tenait en attente de son regard, de ses mains curieuses, de sa peau... Je revivais notre dernière rencontre dans les moindres de ses détails...

Doucement je posai ma main sur mon sexe et l'emprisonnai en souhaitant étouffer ainsi mon excitation. En même temps je décidai de téléphoner à Merlaud dès le lendemain. Peut-être parviendrai-je à le convaincre que nous nous revoyions même s'il n'avait pas encore écrit son article ? Cette résolution me détendit et je m'endormis d'un coup.

Je m'éveillai avec Merlaud à l'esprit, comme si ce dernier montait la garde, et voulait me rappeler mon projet de la soirée précédente. J'attendis que Lucien fût parti en ville pour ses affaires et j'appelai aussitôt *L'Echo*. Pour ne pas risquer d'être surprise par Julie je l'avais envoyée ramasser les œufs frais au poulailler. Ce fut Merlaud qui décrocha.

« C'est moi, dis-je d'une voix mal assurée, je voulais... »

Je ne parvenais pas à trouver mes mots. L'émotion m'étreignait la gorge. Les propos que j'avais préparés s'évanouissaient dans ma mémoire. J'espérais que Merlaud viendrait à mon secours, mais il demeura muet. Un silence que j'interprétai comme une provocation.

« Mais pourquoi ne dis-tu rien ? m'écriai-je en colère.

— Je t'ai demandé de me contacter uniquement lorsque l'article serait paru.

— Mais je m'en fous de ton papier, de ton journal et de tout le reste ! Ce qui m'importe, c'est toi ! Je veux te revoir ! J'ai besoin de toi, de... »

Je m'interrompis hors d'haleine, et me regardai dans le miroir posé sur la table. J'avais les yeux d'une folle. Je pressai le récepteur contre mon oreille avec l'espoir que Merlaud allait accepter.

« Il n'y a plus longtemps à attendre, reprit-il d'une voix adoucie, je pense avoir bientôt terminé. Toutefois avant il faut que je vérifie certains détails... »

Je souffrais d'un sentiment de frustration intolérable, d'injustice même ! Comment Merlaud pouvait-il être aussi distant et froid après ces moments vécus ensemble chez la Jeanne ?

« Pourquoi ne pas se voir avant ? demandai-je d'une voix suppliante.

— Allez ! Au revoir ! » répondit-il.

Il raccrocha. J'éclatai aussitôt en sanglots. Je me trouvais lamentable, mais en même temps je percevais une certaine joie à ressentir un véritable chagrin. La première fois depuis bien longtemps ! De ce jour lointain, peut-être, où j'avais appris le décès de Georges, l'un de mes camarades de classe que j'aimais en silence. Il était beau et paraissait beaucoup plus mûr que les autres garçons. A plusieurs reprises j'avais voulu lui avouer mes sentiments mais sans y parvenir. Il m'impressionnait trop. Savoir que je ne le reverrais plus jamais m'avait profondément choquée. Surtout que je n'imaginais pas qu'on pût mourir d'une façon aussi bête : étouffé dans des balles de blé entreposées sous un hangar.

Assise dans le couloir, la tête enfouie dans mes mains, j'attendais la sonnerie du téléphone. Peut-être Merlaud allait-il me rappeler et me dire qu'il regrettait sa conduite ? Je demeurai longtemps dans cette position, l'esprit vide de toute pensée. J'avais seulement l'impression d'être abandonnée de tous. J'en éprouvais presque du plaisir, une sorte d'ivresse même…

Le froid qui régnait dans le corridor faisait ressortir l'odeur du bois de la charpente et des meubles qui se mêlait à celle un peu plus sure de l'étable toute proche. Grognard vint aboyer quelques instants à la porte d'entrée en espérant que je lui ouvrirais et le caresserais. Comme je ne bougeais pas, il s'en alla.

Je finis par me lever. Julie devait râler à préparer toute seule la nourriture pour la réunion de chasse de Lucien, qui aurait lieu le prochain dimanche.

5.

Les premiers invités arrivèrent dès six heures du matin. Ils avaient entendu l'avertissement de Lucien : le départ de la battue étant fixé au lever du jour, on n'attendrait pas les retardataires.

Pour la circonstance, j'avais passé un pantalon et une paire de bottes. En effet la veille, Lucien m'avait demandé de venir avec les enfants.

« Ça fera famille unie ! » avait-il conclu avec son tact habituel. Je n'avais pas protesté, désireuse que j'étais de reconnaître tous ses affidés.

Avec Julie, je me tenais dans la cuisine où nous servions le café et les alcools. On me félicitait de m'être levée si tôt, d'accompagner mon mari partout, en un mot d'être une épouse modèle... Je souriais en guise de remerciement, et évoluais d'un groupe à l'autre la cafetière à la main.

Tous les inconditionnels de Lucien étaient au rendez-vous : Louvois, Clovis, Gustave le maréchal-ferrant, Jean, le patron des Magasins réunis d'Avallon, Louis le docteur, et Pierre de la Civile Immobilière. Il y avait également quelques membres du

Conseil général et une partie du personnel de la coopérative. Je saisissais quelques bribes de conversations ici et là : « C'est incroyable d'écrire des choses pareilles... On en veut à Lucien... Tout ça est politique... » Je ne me mêlais pas aux discussions. Il s'agissait bien sûr d'une affaire d'hommes !

Je me contentais simplement de les observer à la dérobée et je m'amusais à deviner sur leurs visages les signes de leur angoisse. Car chacun d'eux avait peur. Ils avaient beau être les chasseurs, c'étaient eux les bêtes traquées ! Unis par des intérêts et des combines, des maîtresses, et le pouvoir qu'ils partageaient. C'était d'ailleurs la raison pour laquelle la plupart d'entre eux ne comprenaient pas l'attitude d'Hubert, le directeur de *L'Echo*. Pourquoi commençait-il à s'acharner sur des hommes respectables, alors qu'il faisait partie de la même caste qu'eux ?

Un quart d'heure avant le départ j'allai réveiller les enfants. Tout excités de participer à un tel événement, ils s'habillèrent promptement et vinrent nous rejoindre dans la cuisine. Dès qu'ils eurent bu leur lait ils disparurent dans l'assemblée et je ne m'en préoccupai plus.

Soudain, Lucien grimpa sur la margelle du puits, et demanda le silence.

« Messieurs, dit-il, je vous remercie d'avoir accepté mon invitation. C'est le signe de l'estime que vous me portez, et dans l'épreuve que je traverse, j'avoue qu'elle me réconforte. »

Il s'interrompit et commanda à Robert de faire éloigner les chiens dont les aboiements couvraient sa voix. Quand ce fut plus calme il reprit :

« Par courtoisie mais aussi pour que nous puissions établir avec la presse un dialogue profitable, j'avais invité Hubert et Merlaud à se joindre à nous ! Cependant, vu l'heure qu'il est, je crois qu'ils ne viendront pas et je propose que nous démarrions !

— Ils auront eu peur qu'on les transforme en gibier ! » lança Clovis en s'esclaffant. Les autres éclatèrent de rire à leur tour.

Aussitôt après l'annonce de Lucien, je sentis mes jambes se dérober sous moi et allai m'asseoir à la cuisine. Je m'interrogeai sur son attitude. Pourquoi ne m'avait-il pas parlé de son initiative ? Le silence de Merlaud m'intriguait encore plus, puisqu'il avait eu tout le loisir de m'en avertir le matin même au téléphone ?

Julie me passa une tasse de café brûlant.

« Dame ! s'exclama-t-elle en haussant les épaules, vous voilà dans un drôle d'état ! Quelle idée aussi d'aller chasser ! Ce n'est pas une place pour une femme !

— Vous avez raison, Julie, mais je dois le faire pour aider Lucien ! »

Elle fut secouée par un petit rire aigrelet.

« Bah ! Il peut bien s'aider tout seul ! »

Elle se mit à charger le poêle.

Sa réflexion me parut soudain ambiguë et je regrettai de ne voir que son dos. Je n'eus pas le temps de m'interroger plus longuement. Dehors, le groupe s'agitait. Nous allions nous mettre en route d'un instant à l'autre.

Je rejoignis Lucien, toujours occupée à comprendre ses motivations. En savait-il plus qu'il ne le montrait ? Avait-il su mes rencontres avec Merlaud et cherchait-il à nous mettre face à face ? J'allais lui demander des explications sur son silence quand il m'indiqua de demeurer impérativement à l'arrière avec les enfants. Puis il rejoignit Clovis qui marchait devant en racontant des blagues.

Alors que nous longions l'étang du Crescent, je commençai à me détendre. Merlaud ne viendrait plus. Toutefois, je regardais quand même de temps en temps vers la route d'Avallon qui passait en haut de la colline. Les aboiements des chiens résonnaient dans la campagne. Certains, qu'on avait détachés, se trouvaient déjà au-delà de l'étendue d'eau.

Gérard et Colette marchaient à mes côtés et râlaient de ne pouvoir évoluer à leur guise parmi les chasseurs.

« C'est ridicule, insistait Gérard, il n'y a aucun risque pourtant ! »

Mais je restai inflexible.

Nous traversions Marigny quand des coups de klaxon répétés nous firent nous retourner. Je tressaillis en reconnaissant Hubert et Merlaud dans la voiture. Lucien se précipita au-devant d'eux, l'air jovial.

« Ah ! Je suis content de vous voir, dit-il, je serais curieux de savoir si vous maniez le fusil avec autant de dextérité que la plume ?

— Parfaitement, répliqua Hubert, dans les deux cas il s'agit bien de descendre des pigeons, non ? »

Tous les trois éclatèrent de rire.

Je demeurai à l'écart pour cacher ma confusion.

Un bref instant je croisai le regard de Merlaud. Bien qu'il parût indifférent, presque étranger, j'eus envie de lui. Je tournais les talons quand Lucien m'appela d'une voix gaie :

« Eh Louise, ne t'en va pas ! Nos amis tiennent à te saluer en premier ! »

Je m'approchai.

« C'est vrai, dit Hubert, vous êtes la seule femme ici ! N'est-ce pas ? Les hommes peuvent bien attendre ! »

Nous nous serrâmes la main. Aussitôt après, ils garèrent leur voiture qu'ils prendraient en revenant, et se fondirent dans le groupe qui se remit en route. Je marchai à nouveau derrière, toujours entourée des enfants.

Je ne parvenais pas à faire attention à ce que disaient ces derniers, pas plus qu'aux conversations de mes voisins. J'étais bien trop occupée à fixer le dos rond de Merlaud entouré de Louvois et de Lucien. J'attendais qu'il se retournât et me lançât un regard de connivence. Mais non ! Il continuait de discuter. J'éprouvais une certaine crainte. Et s'il se coupait ? Après tout, si Lucien n'avait pas réussi à le faire parler lors de leur premier entretien, il pouvait très bien y parvenir cette fois-ci ? D'ailleurs, pourquoi Merlaud était-il venu à cette chasse ? A quoi rimait ce risque inutile ? Si au moins c'eût été pour me faire comprendre d'une manière ou d'une autre qu'il ne pouvait plus attendre de me revoir ? Au contraire il semblait s'entendre à merveille avec Lucien. Ils riaient même ensemble ! Et je me demandai si la solidarité entre les hommes n'allait pas être, une fois de plus, la plus forte. Je tâchai de n'y plus penser en essayant de m'intéresser aux propos de Clovis, qui marchait à côté de moi. Il était lancé dans une grande diatribe pour expliquer au docteur Louis qu'il approuvait Lucien et sa politique :

« Avec lui on est certain qu'il n'y aura pas de désordre. Il s'appuie sur des valeurs ! Des vraies ! Celles qu'on a défendues en 40, nom de Dieu ! La patrie, la famille et le travail...

— Je crois, l'interrompit le médecin d'un ton ironique, que c'était la devise des autres ?

— Bah ! Peut-être, répliqua le cafetier, mais tout ça ce sont des mots ! Ce qui compte c'est qu'on gagne sa vie honnêtement, et qu'on aime sa femme et ses enfants ! »

Je ne l'écoutais plus. Son hypocrisie me révulsait. Peut-être aimer sa femme signifiait-il pour lui aller chez la Jeanne, et ne rien ficher de ses saintes journées ? Je m'arrangeai pour ralentir le pas, et je me retrouvai seule sur le chemin forestier.

Les enfants avaient profité de mon inattention pour disparaître. Je ne les appelai pas. Ils devaient s'amuser beaucoup plus à courir dans les bois qu'à marcher au pas à côté d'adultes bavards et pontifiants.

J'étais heureuse de me situer le plus loin possible de Merlaud, et de me sentir un peu plus maîtresse de moi-même. Je me rendais compte qu'en fait je m'attendais depuis longtemps à ce qui nous arrivait. Peut-être depuis cette période, désormais obscure dans ma mémoire, où nous étions ensemble à l'école. Sinon comment expliquer ce besoin impérieux et si soudain de sa laideur et de son ambiguïté ?

C'était Lucien en fait qui avait masqué mes véritables désirs. Lui qui m'avait façonnée à son usage, sans se préoccuper de celle que j'étais ! Au point de me faire endurer les pires humiliations ! Combien d'hommes dans ce groupe savaient-ils qu'il m'avait trompée et qu'il avait une autre fille de l'âge de Colette ? Quelques-uns certainement ! Pourtant aucun n'avait protesté. Il était normal que M. le maire imposât sa loi à tous et surtout à sa femme ! Les Clovis ou les Louvois tous solidaires pour dissimuler leurs propres bassesses !

Je frissonnai d'horreur. L'existence de Lucien m'apparut insupportable ! Un salaud tel que lui n'avait pas le droit de vivre en paix, surtout s'il m'empêchait de vivre moi-même !

Nous arrivâmes dans la forêt Saint-Martin. Certains chasseurs, dont Merlaud, se répartirent en ligne afin de ne pas se tirer dessus, tandis que d'autres conduits par Lucien se rendirent à la sortie du bois pour abattre le gibier que les premiers débusqueraient.

Merlaud se trouvait à quelques dizaines de mètres de moi. J'évitai de le regarder. Craignant les coups de feu maladroits, je cherchai Colette et Gérard afin qu'ils demeurassent à mes côtés. Jean m'assura que je n'avais pas à m'inquiéter. Il les avait aperçus quelques minutes auparavant. Ils ne devaient pas être loin.

Tranquillisée, je me mis en marche à côté de lui et

de Louvois. Ils ne cessaient de plaisanter et de rire ensemble. Une fois le notaire se tourna vers moi :

« Ne vous étonnez pas que nous soyons si bruyants, Louise, dit-il comme pour s'excuser, et en s'esclaffant de plus belle, il faut faire du raffut si l'on veut que les bêtes détalent ! »

J'acquiesçai en m'efforçant de sourire.

Parfois, je lançais un coup d'œil en direction de Merlaud qui me regardait lui aussi. Piquée au jeu, j'enrageais quand un arbre ou un bosquet me le dissimulait. Je résistais à l'envie de dévier mon chemin et me rapprocher de lui.

Enfin il me sourit. J'en fis de même. Puis son regard se fit plus insistant comme s'il voulait me faire comprendre quelque chose. Je cherchais à en deviner le sens quand je m'aperçus qu'il ralentissait le pas. Visiblement il profitait de ce que le bois était plus touffu pour échapper à l'attention des autres chasseurs, trop préoccupés de voir surgir un sanglier dans leurs jambes. Je l'imitai. J'entendais mon sang cogner à mes tempes. Dans peu de temps nous allions nous retrouver dans les bras l'un de l'autre. Je le sentais déjà contre moi, en moi. Encore quelques mètres et nous ne verrions plus nos voisins. Déjà leurs voix déclinaient...

Dès que nous fûmes certains d'être seuls, nous nous étreignîmes et roulâmes sur le sol humide jonché de feuilles mortes. Nos bouches se cherchaient tandis que nous nous déshabillions avec fébrilité. Très vite il fut en moi, et je poussai un profond soupir de bonheur.

Tandis que nous nous aimions, je gardais les yeux

ouverts. Je n'avais pas peur d'être surprise par les autres dont on entendait parfois les voix maintenant très éloignées. Curieusement Lucien ne m'apparaissait plus haïssable. Non ! J'étais épanouie ! En accord avec la terre froide que je sentais dans mon dos, les arbres effeuillés qui formaient au-dessus de nous une voûte finement nervurée, et Merlaud qui me possédait avec douceur.

Quand ce fut fini, je l'embrassai sur les lèvres en le regardant droit dans les yeux, puis nous nous rhabillâmes. J'étais heureuse et je croyais qu'il l'était aussi. Jamais depuis que nous nous connaissions je n'avais vu un sourire aussi pur éclairer son visage. Jamais d'ailleurs je n'avais vu la laideur se mêler aussi intimement à la beauté, au point de disparaître.

Nous nous remîmes en route d'un pas tranquille après être convenus qu'au cas où l'on s'étonnerait de notre absence nous prétendrions nous être égarés. Parfois nous nous frôlions et nos mains se cherchaient. Je respirais à fond l'air froid et odorant de la forêt. De temps en temps des coups de fusil résonnaient dans le lointain. Une fois nos regards se croisèrent et nous éclatâmes de rire comme des gamins. Nous avions réussi à faire l'amour à l'insu de tous...

« Tu m'aimes ? » lui demandai-je.

Il ne répondit pas, attentif à écarter quelques branches qui gênaient notre progression. J'étais un peu déçue. J'aurais préféré sans doute qu'il approuvât avec enthousiasme, mais d'un autre côté je comprenais sa pudeur. Tout cela était si subit !

Nous fîmes encore quelques pas et je l'interrogeai à nouveau.

« Tu l'as fait exprès de ne pas me dire que tu viendrais ?

— Je n'ai pas pu le faire ! Nogaret nous a invités au dernier moment ! »

Son explication me soulagea. En effet je lui gardais un fond de rancune d'avoir appris sa venue à l'improviste.

Bientôt nous allions recoller au groupe. Je l'enlaçai et l'embrassai dans le cou.

« Quand nous revoyons-nous ? m'inquiétai-je.

— L'article sortira juste après Noël, répondit-il, rencontrons-nous le lendemain, chez la Jeanne, à l'heure habituelle. Ça te va ? »

J'acquiesçai, puis me tournai vers lui.

« Ça veut donc dire que votre venue d'aujourd'hui ne changera rien pour Lucien ?

— Rien, effectivement ! »

J'éprouvai une compassion inattendue pour lui, qui avait certainement interprété leur présence comme une victoire personnelle.

« Mais alors pourquoi avez-vous répondu à l'invitation ?

— Eh bien quoi ! répliqua Merlaud légèrement irrité, nous avons rappliqué pour glaner d'éventuels renseignements supplémentaires auprès des autres ! Histoire de pimenter encore un peu plus mes prochains papiers. C'était bien ce que tu voulais, non ? »

Je demeurai muette. Oui, bien sûr, c'était ce que j'avais désiré. Nous ne pûmes continuer à discuter.

Nous rattrapions le groupe où personne ne semblait s'être aperçu de notre absence.

Nous marchâmes encore un bon moment sans lever de gibier. Chacun y allait de son explication : c'était le froid, le brouillard, l'été qui avait été trop chaud. Je n'écoutais pas, encore trop bouleversée par ce que je venais de vivre avec Merlaud...

Brusquement, dominant les rires et les craquements des branches sous les pas des hommes, je l'entendis hurler. Gérard ! Mon fils ! J'avais reconnu sa voix, même déformée par la douleur ! Pétrifiée par l'angoisse je restai un instant immobile, cherchant vainement à parler pour prévenir les autres qui s'étaient également figés et tendaient l'oreille.

« C'est Gérard ! parvins-je enfin à dire à Louvois qui me soutenait. Vite ! Il lui est arrivé quelque chose ! »

Immédiatement tous les chasseurs présents se mirent à chercher. Moi-même je marchais en m'appuyant aux bras de Jean et du docteur Louis qui me prodiguaient des paroles apaisantes. Nous avancions en direction des cris qui se faisaient de plus en plus faibles. J'avais la tête vide, balbutiant sans cesse : « Vite ! Vite ! »

Nous le découvrîmes au détour d'un talus, le mollet pris dans les mâchoires d'un gros collet. Je me précipitai et l'étreignis avec force. Des hommes se mirent au travail pour desserrer l'étau. Ce fut inutile. Le mécanisme était bloqué. Le visage convulsé de Gérard ruisselait de sueur. J'envoyai alors Clovis chercher Lucien et Robert. Certainement s'agissait-il d'un piège qu'ils avaient oublié de désamorcer ?

Le médecin me repoussa avec autorité et entreprit de confectionner un garrot sur la cuisse de Gérard.

« En attendant ce sera toujours mieux que rien ! » marmonna-t-il.

Gérard livide pleurait en hoquetant. Parfois, la douleur lui arrachait un gémissement. Je lui demandai où se trouvait Colette. Il m'expliqua qu'ils s'étaient séparés et qu'elle avait rejoint son père. Je luttais contre les larmes en lui tenant les mains. Enfin, l'autre groupe arriva, conduit par Lucien, apparemment affolé. Avec Robert ils s'acharnèrent sur le piège et finirent par libérer Gérard à moitié comateux.

Merlaud était parti devant avec Hubert chercher leur voiture. Ils s'approcheraient le plus possible de la lisière de la forêt, tandis que les hommes se relaieraient pour porter le blessé.

Colette, en pleurs, s'accrochait à la veste de Lucien qui soutenait Gérard dans ses bras. Nous allions nous mettre en route quand je fixai celui-ci avec toute la colère haineuse dont je me sentais capable.

« Salaud ! hurlai-je, salaud ! Tu vois ce que ça fait tes saloperies de pièges, ça tue les tiens ! »

Lucien décontenancé garda le silence. Ce fut Robert qui répondit :

« Vous avez tort de vous fâcher, madame Nogaret ! Ce collet-là n'est pas de chez nous ! »

De rage je haussai les épaules, et tournai les talons. Le groupe s'ébranla, silencieux.

A l'hôpital d'Avallon, les médecins nous rassurèrent. Même si le muscle avait été abîmé, Gérard se rétablirait assez vite. Malgré tout ils souhaitèrent le garder en observation durant deux jours.

Au début, le retour à la ferme avec Lucien et Colette fut un enfer. Tandis qu'elle reniflait sur le siège arrière, lui ne cessait de répéter qu'à cause de cet accident il n'avait pas eu le temps de discuter sérieusement avec les uns et les autres, surtout les journalistes, et que sa carrière politique risquait d'en pâtir !

Il conduisait comme un fou, tout en hurlant. Il fallait donc que les gosses fussent toujours là où ils ne devaient pas ! Ce qu'il avait réussi à construire, son fils le défaisait ! Pourquoi l'avais-je accusé de négligence devant tout le monde ?

Même si j'avais plutôt le désir de le gifler, je me contrôlai et reconnus calmement que sous l'effet du choc je m'étais emportée trop violemment. Et je tâchai de l'apaiser en l'assurant que l'essentiel n'était pas là mais dans la venue des deux journalistes qui représentait une grande victoire pour lui.

« Tu comprends, arguë-je, après avoir chassé à tes côtés, jamais plus ils n'oseront t'attaquer !

— Tu crois ? » me demanda-t-il, soudain plus détendu.

J'acquiesçai, et nous rentrâmes calmement.

Comme prévu j'allai chercher Gérard à l'hôpital le surlendemain. Durant le retour, je ne parvins à lui tirer que quelques phrases. Il n'avait pas trop mal... Il avait été bien soigné... Il espérait reprendre l'école le plus vite possible.

« Ce ne sera guère avant Noël ! lui fis-je remarquer.

— Oh, c'est vrai ! répondit-il d'un air ennuyé, j'avais oublié cette fête !

— Eh bien quoi ! C'est pourtant un moment agréable de l'année. On dresse un sapin, on reçoit des cadeaux...

— Peut-être ? m'interrompit-il, en tout cas j'espère que ce jour-là tu ne pleureras pas ! »

J'étais triste de constater qu'il n'avait pas oublié cet épisode mais je ne trouvai rien à dire. Nous conservâmes le silence jusqu'à la ferme.

Afin qu'il ne s'ennuyât pas, nous l'avions assis au fond de la cuisine, sa jambe blessée appuyée sur un fauteuil.

Nous l'entendions peu. Il passait le plus clair de son temps à dévorer toutes sortes de magazines, à jouer aux dames avec sa sœur, ou à dormir. Je pensais d'ailleurs qu'il faisait parfois semblant quand il se retrouvait seul avec Julie et moi. Probablement nos bavardages ménagers l'ennuyaient-ils ?

En même temps j'étais certaine qu'il nous observait. En effet, quand parfois je me retournais et qu'il ne s'y attendait pas, je rencontrais son regard fixe et froid. Cela me mettait mal à l'aise. J'avais l'impression qu'il tentait de déchiffrer ce que j'avais dans la tête. Peut-être même le devinait-il ?

Au fil des jours mon malaise s'accentua. Je commettais de plus en plus de maladresses. Je finis par éprouver cette peur ridicule qu'il me transformât en chat comme dans certains contes pour enfants.

A cette époque j'avais la plus grande difficulté à dissimuler ma haine envers Lucien. Je le portais responsable de l'accident de Gérard, même si je savais que le collet ne lui appartenait pas. Après tout il était censé savoir qu'il se trouvait sur ses terres.

Etrangement, lui semblait ragaillardi et chantonnait sans cesse. Un soir il m'en avoua la raison : chaque jour qui passait accentuait sa certitude qu'Hubert et Merlaud ne l'attaqueraient plus. Sinon, ils l'auraient fait depuis belle lurette ! Il valait donc mieux se consacrer à Noël et oublier tout cela ! L'année prochaine devait s'ouvrir sous de meilleurs auspices.

Comme je souhaitais qu'il fût totalement surpris par le prochain papier de Merlaud, je ne tempérai pas son optimisme et lui donnai même d'autres bonnes raisons de croire que le pire était désormais derrière lui !

Pourtant Dieu sait si j'avais du mal à contenir mon impatience de découvrir cet article ! A ne pas le voir venir, j'en devenais même de plus en plus irritable et imprévisible dans mon comportement. Julie n'osait rien me dire, mais à son regard étonné ou courroucé selon les moments, je devinais qu'elle me croyait folle.

6.

La veille de Noël je préparai le sapin avec Julie et Colette, tandis que Gérard, qui parvenait maintenant à se déplacer avec une béquille, nous passait les décorations.

Bien entendu, les enfants s'amusaient à nous faire deviner ce qu'ils avaient fait comme cadeaux. Cela me rappela que je n'en avais encore dégoté aucun pour Lucien. Je me demandai quoi lui offrir. Avec l'état d'esprit dans lequel je me trouvais, ce n'était pas facile.

Le lendemain, j'allai en ville et finis par lui acheter un ensemble d'écriture en cuir. Il le mettrait dans son bureau, et pourrait ainsi se servir du papier à lettres pour souhaiter la nouvelle année à sa dactylo et son autre fille !

Par une coïncidence joyeuse, il se mit à neiger quelques heures avant la messe de minuit. Malgré cela nous nous y rendîmes à pied. C'était la coutume, et l'église était assez proche de la ferme.

Tout au long du chemin, Julie nous raconta que

de son temps la température était bien plus basse, et Robert ne cessa de maugréer à cause de ses sabots qui glissaient sans arrêt sur le verglas. Lucien gardait la mine sombre et demeurait muet. Je ne parvenais pas à en imaginer la raison. Surtout que le silence de *L'Echo* aurait dû le réjouir ! J'étais d'autant plus décontenancée qu'il paraissait vraiment triste.

La messe commença. Il faisait un froid intense. Chaque fois que le curé parlait ou priait, une légère buée sortait de sa bouche. Je ne m'intéressais pas à ce qu'il racontait. Seul Lucien me préoccupait. Je ne comprenais toujours pas les raisons de sa mine défaite, de ses yeux de chien battu, et cela m'énervait ! Que s'était-il donc passé qui le transformât ainsi ?

Tandis que débutaient les actions de grâces, il se mit même à pleurer. C'était incroyable ! Jamais ce n'était arrivé depuis que nous étions mariés !

Le voir ainsi réveilla en moi quelques remords inattendus ! J'y étais d'autant plus encline qu'il me semblait me trouver sous le regard de Dieu. En effet je conservais du catéchisme de mon enfance l'idée qu'il voyait tout ce qui se passait dans notre esprit et qu'il nous jugeait en conséquence ! Peut-être avais-je tort d'en vouloir à ce point à Lucien ? Ne devais-je pas tendre ma joue, et abdiquer une nouvelle fois ma souffrance au profit de sa tyrannie ? Eh bien non ! Même si mon attitude méritait l'enfer, je voulais aller jusqu'au bout de ma vengeance.

Impatiente de l'interroger sur les raisons de ce chagrin inhabituel et soudain, je souhaitai qu'on en vînt rapidement à la bénédiction finale. C'était mal préjuger du curé ! Trop content probablement de tenir enfin presque toutes ses ouailles sous sa coupe, il faisait durer les prières.

Cela me fit repenser à Germaine. L'une comme l'autre nous haïssions aller à la messe. Mais maman n'aurait jamais toléré que nous en manquions une ! Parfois pour trouver le temps moins long nous nous réfugiions au fond de l'église, et dès que nous le pouvions, nous cachions dans le confessionnal. De l'intérieur, nous écartions le rideau violet et suivions le déroulement des prières au travers du treillis en bois de la porte. L'office devenait alors un spectacle. Les grimaces de l'abbé, les frôlements discrets de certains amants, ou les bavardages des commères figuraient autant de scènes d'une pièce de théâtre dont l'histoire changeait chaque semaine. Je gardais un seul mauvais souvenir de ces moments de joie : l'odeur de l'encens qui envahissait toute l'église et me donnait l'envie de vomir.

C'était toujours vrai ce jour de Noël. De surcroît excédée par les lenteurs de la cérémonie, je trépignais. La même attitude qui m'avait valu une claque de ma mère lors d'une messe peu de temps avant son arrestation.

« Devant Dieu, m'avait-elle lancé, on ne se permet pas d'être impatiente ! On a l'éternité pour nous ! »

Peu après la communion, Colette se dressa sur ses pieds pour me parler à l'oreille.

« Dis, maman, est-ce qu'on peut partir avant avec

Gérard ? Comme il boite il nous faudra plus de temps, et puis on pourra arranger le sapin. »

J'acceptai et ils disparurent aussitôt.

A la bénédiction Lucien émergea de sa torpeur. Il esquissa un vague signe de croix, puis sortit d'un air digne. Il savait que sur le perron des mains se tendraient vers lui. Probablement les compterait-il pour s'assurer qu'il conservait encore le pouvoir. Moi, je pensai à l'ange déchu...

Après quelques bavardages sur la place de l'église, Lucien et moi reprîmes ensemble le chemin de la ferme. Je m'appuyais à son bras pour ne pas glisser sur les plaques de verglas.

« Ça ne va pas ? lui demandai-je aussitôt.

— Si ! Très bien ! C'est Noël et...

— Mais alors pourquoi pleurais-tu durant la messe ?

— Je repensais à ma mère. Des réminiscences de l'enfance. Tu comprends ? »

Sans raison j'étais convaincue qu'il me mentait, et je ne dis plus rien jusqu'à la maison.

Le réveillon débuta dans une atmosphère de joie forcée et nous bûmes très vite pour que cela ne durât pas. Heureusement, il nous en fallait peu pour nous égayer et rapidement l'humeur se fit plus joyeuse. Même Lucien, dont les yeux brillaient, paraissait avoir oublié sa tristesse. Julie et lui nous faisaient rire en nous racontant certains de leurs souvenirs à propos du vieux Nogaret.

« Il était aussi avare qu'il était bavard, disait Julie. Il fallait le voir en train de compter ses vaches tous les matins comme si on avait pu lui en voler une durant la nuit ! Un jour sa sainte femme lui a même balancé devant moi, qu'au lieu de ça il ferait encore mieux d'additionner les grains de blé qui se trouvaient au grenier ! Comme ça, nous les femmes on aurait la paix pendant mille ans ! »

Les enfants, qui se demandaient ce qu'ils recevraient comme cadeaux, chuchotaient sans cesse en désignant le pied du sapin. Dos à la flamme du feu de bois je me détendais progressivement. Les yeux mi-clos je ne percevais plus que le brouhaha un peu lointain des voix et retrouvais Merlaud. Je redessinais sa laideur, recomposais son sourire, son corps presque difforme. Je désirais le revoir, et me faire prendre...

Je supputai la sortie du papier dans le journal du lendemain. Cela me réconforta aussitôt. Nous nous reverrions dans la soirée et nous connaîtrions à nouveau cette complicité amoureuse qui cimentait notre machination.

« Tu dors ? me demanda soudain Colette sur un ton de reproche.

— Pas du tout, ma chérie ! répondis-je en me redressant, la chaleur de la flambée et le vin commencent à faire leur effet ! »

Les autres éclatèrent de rire.

« Il faut continuer à boire ! » s'écria Robert, lui-même éméché.

Il me resservit du vin.

« Dis donc ! l'admonesta Julie, tu ne vas tout de même pas saouler madame Nogaret ! Nous ne sommes pas chez Clovis ici !

— Laissez, Julie, dis-je en riant, c'est Noël ! »

Les enfants proposèrent qu'on ouvrît les cadeaux. Il n'y en avait quasiment que pour eux. Tandis qu'ils déballaient leurs premiers paquets, Lucien et Robert s'éclipsèrent. Ils revinrent quelques secondes plus tard avec deux vélos flambant neufs, un rouge et un bleu. D'émotion Colette en lâcha la robe qu'elle venait de découvrir et immédiatement entama avec son frère une grande conversation sur les horizons que cela leur ouvrait.

Peu après, Lucien m'offrit une machine à coudre mécanique et transportable avec un large sourire.

« Tiens ! dit-il, depuis le temps que je te vois coudre à la main. »

En retour, je lui tendis le nécessaire d'écriture en cuir qui ferait selon moi un très bel effet sur son bureau de la mairie. Il parut content et m'embrassa. Au contraire de ce que j'attendais, l'alcool rendait les choses encore plus difficiles. Son corps m'était devenu totalement étranger et son baiser me répugna.

La fête se termina dans le silence. Les enfants dormaient déjà depuis longtemps et chacun des adultes s'était réfugié dans ses propres pensées.

Dehors le vent violent rabattait la neige contre les vitres de la fenêtre. Cette atmosphère me parut tout à fait appropriée pour m'amuser à l'avance de la tête que ferait Lucien le lendemain après le passage de Gus, le facteur.

Ce dernier posa son vélo contre le mur et frappa au carreau de la porte avant d'entrer. Julie et moi prenions notre café en compagnie de Lucien et

Robert avant leur départ à la chasse. Engoncé dans sa capeline, Gus parla avec difficulté tellement il avait froid.

« Bon dieu ! On va tous crever avec ce temps-là ! »

Il donna *L'Echo* à Lucien, avec quelques lettres.

« Tenez monsieur le maire ! Je crois bien qu'on s'intéresse encore à vous ce matin ! »

Julie lui offrit une fine. J'observai Lucien, impatiente de le voir ouvrir le journal. Il n'en fit rien jusqu'au départ du facteur. J'admirai son sang-froid.

Il décacheta d'abord les enveloppes une à une. Julie, Robert et moi nous taisions. Enfin il se décida. Il déplia le quotidien et se mit à lire.

Brusquement son visage se décomposa. Par la magie de l'inquiétude ou de la colère, ses rides semblèrent s'approfondir encore un peu plus, les plis au coin de sa bouche s'accentuer. Il vieillissait en accéléré au fil de sa lecture !

Julie et Robert, qui s'en étaient également aperçus, détournèrent le regard. Au contraire j'assurai le mien. Je voulais profiter de sa métamorphose dans la moindre de ses manifestations, et jouir des ravages qu'elle supposait dans son esprit.

Ce ne fut pas sa colère qui explosa mais plutôt sa tristesse lorsqu'il me passa le journal. Je lus dans ses yeux une telle détresse que je compris aussitôt la violence de l'article.

Effectivement Merlaud n'y allait pas par quatre chemins. Cette fois-ci la Civile Immobilière et la Générale Céréalière étaient nommément désignées. L'opération concernant la Garancière était dénoncée. Enfin Lucien et Louvois se retrouvaient au centre du scandale, même si, pas une seule fois, leur nom n'était cité !

Et puis il y avait cette terrible conclusion exprimée sous forme de questions : quelles étaient les sommes concernées par ces trafics ? A qui appartenait cet argent ? D'où venait-il ?

Je feignis d'être moi-même très abattue et donnai le quotidien à Julie. Les enfants qui venaient de se lever entrèrent à cet instant.

« Petit con ! lança Lucien à l'adresse de Gérard, regarde ce que ça me vaut de t'être pris les pieds dans un collet ! Regarde ! »

Gérard, surpris, dévisagea chacun d'entre nous. J'étais moi-même tellement interloquée par le reproche de Lucien que je gardai le silence. Robert, effrayé, tendit aussitôt *L'Echo* au petit qui se mit à lire. Lucien entama alors une violente diatribe contre ces imbéciles de gamins qui avaient le don de causer sans cesse des catastrophes.

« Mais qu'est-ce que tu avais besoin de venir à cette chasse ? Hein ? A quoi ça servait ? Tu veux que je te dise ? A jouer au gibier, et à foutre ton père dans un piège ! C'est peut-être toi qui vas m'en sortir maintenant ? »

Gérard demeurait debout, pétrifié par cette soudaine virulence. Il pleurait en hoquetant.

« Mais ce n'est pas de ma faute papa ! Je t'assure ! Ce n'est pas de ma faute ! »

Je n'intervenais pas. Je voulais que par ces remontrances iniques, Lucien s'aliénât les enfants. Ainsi se retrouverait-il complètement seul.

Brusquement, Julie se leva et redressa son vieux corps avant d'assener un coup de poing sur la table.

« Vous n'avez pas le droit, monsieur Lucien d'être aussi injuste, affirma-t-elle la voix vibrante de fureur, vous n'avez pas le droit ! Est-ce de sa faute à ce pauvre gosse s'il s'est pris les pieds dans ce machin ? Est-ce de sa faute si des gens vous en veulent ? Pourquoi lui faire payer la méchanceté des autres ? Jamais votre vieux père n'aurait agi ainsi envers vous ! Il savait, lui, ce qu'était la justice ! »

Elle tourna le dos et se remit à son travail. Lucien décontenancé par cette colère inattendue se taisait. Robert se raclait la gorge, tandis que Gérard continuait à pleurer en suffoquant.

Finalement Lucien se mit debout et l'étreignit.

« Pardonne-moi mon vieux ! murmura-t-il, pardonne-moi ! »

Puis il attrapa son fusil et sortit avec Robert.

Gérard s'approcha de Julie et l'embrassa. Colette l'imita, puis ensemble ils s'en allèrent glisser sur la surface gelée de la mare.

Je n'avais même pas eu le courage de les mettre en garde contre le danger que la glace se fendît. J'étais brisée comme on l'est après une terrible épreuve. J'éprouvais la douloureuse impression d'avoir été dépassée par les événements, et même d'avoir commis une erreur en laissant Julie se substituer à moi pour défendre Gérard. J'avais oublié d'être mère.

Je préférai sortir de cette pièce où j'étouffais, et je passai la matinée à empiler sous l'auvent des bûches que Julie avait coupées la veille.

Comme d'habitude, Lucien revint avec Robert pour le déjeuner. Dès qu'il me vit, ce dernier agita le lièvre mort qu'il tenait à bout de bras.

« En voilà un qui aurait mieux fait de rester dormir dans son terrier ! » plaisanta-t-il.

Ils passaient devant moi quand j'arrêtai Lucien.

« Tu sais, il m'est venu une idée, lui dis-je. Pourquoi ne parles-tu pas de tes problèmes à ceux du Parti à Paris ? Ils devraient pouvoir faire taire ce bavard, non ? »

Lucien alluma une cigarette et me dévisagea.

« J'y ai déjà pensé, répondit-il, mais ils ne me soutiendront que s'ils en ont envie !

— Et pourquoi ne le feraient-ils pas ? »

Il haussa les épaules.

« Et pourquoi le feraient-ils ? Ça en arrangerait plus d'un de me voir tomber sans avoir à me pousser... Enfin on verra ! Allons souper. J'ai à faire cet après-midi. Il faut revoir les charpentes de la grange pour l'été. »

En s'éloignant il m'adressa un sourire qui ressemblait à une grimace fataliste.

Nous étions attablés depuis une dizaine de minutes lorsqu'une voiture pénétra dans la cour. C'était Louvois. Lucien alla à sa rencontre.

Soudain soucieuse, je les observai par la fenêtre. Le notaire éprouva quelques difficultés à s'extirper de son véhicule, puis, aussitôt, se mit à parler avec véhémence. De là où je me trouvais je ne pouvais l'entendre mais à le voir gesticuler comme une marionnette, j'imaginais qu'il exprimait son angoisse à Lucien. Ce dernier levait les mains pour tenter de l'apaiser, mais sans succès. Parfois Louvois désignait la cuisine du doigt. J'étais inquiète. Parlait-il de moi ? M'accusait-il ?

« Ce n'est pas la peine de vous ronger les sangs, dit Julie qui se tenait dans mon dos à les regarder aussi, Louvois a toujours eu son gros ventre rempli de trouille ! Sûr qu'il vient dire à M. Lucien qu'il n'y est pour rien ! »

J'approuvai distraitement. J'essayais surtout de me calmer. En effet cette gourde de Julie m'avait fait sursauter et mon cœur cognait violemment.

Les enfants sortirent jouer. Lucien leur fit signe de ne pas s'approcher, puis il entraîna Louvois vers la route. Je supposai qu'ils allaient discuter en marchant et je m'attablai à nouveau. Je ne mangeais pas, malgré les reproches de Julie. J'étais trop crispée à attendre le retour de Lucien. Pour la première fois depuis que j'avais résolu de le perdre, la peur me paralysait. Je concevais le pire. Il entrait dans la cuisine, me giflait, et me dénonçait aux autres en me jetant dehors...

Rien de tout cela n'arriva. Louvois reparti, Lucien revint, un large sourire aux lèvres. Il demanda à Julie une tasse de café qu'il but debout.

« Alors ? m'inquiétai-je.

— Oh rien ! Vraiment rien ! A le voir à ce point démoli par la peur il a fini par me donner du courage !

— Oui ! Mais il ne t'a rien appris de nouveau ?

— Penses-tu, j'en sais bien plus que lui ! »

Il partit d'un grand éclat de rire et s'en alla. Julie s'esclaffa à son tour.

« Sûr que votre mari doit avoir des munitions pour être aussi content ! Bon dieu, ça fait plaisir de le voir comme ça ! »

Je me surpris à la détester, tellement elle paraissait acquise à Lucien. Je sortis en claquant la porte.

Comme nous en étions convenus avec Merlaud, je partis le rejoindre chez la Jeanne dès le lendemain en fin d'après-midi. Je roulais comme une folle. De manière à tempérer mon désir par la peur que j'éprouvais à verser dans le fossé. Mon corps endormi depuis notre dernière rencontre se réveillait. Je repensais à notre accord parfait dans le bois de Luzy et je l'imaginais se réalisant de nouveau chez la Jeanne.

Comme la fois précédente, cette dernière m'annonça que Merlaud serait en retard, mais elle ne sortit pas tout de suite de la chambre. Elle me fixa avec insistance. J'en éprouvai une gêne insupportable.

« Vous me jugez, n'est-ce pas ? » lui dis-je d'un ton agressif.

Un léger sourire illumina son visage.

« Oh non, madame Nogaret ! Si c'était le cas je serais Mère Supérieure dans un couvent ou moraliste. Je ne suis ni l'une ni l'autre. Depuis que je fais ce métier, j'ai pris l'habitude d'accepter la vie sous ses aspects les plus inattendus ! »

Je me détendis. J'avais deviné derrière ces quelques mots une complicité à mon égard qui me touchait.

« Je vais même vous dire la vérité ! reprit-elle.

Lorsque je vous ai vue arriver pour rencontrer Merlaud, j'ai été surprise. Vous me sembliez... Comment dire ? Trop différents l'un de l'autre. Alors, je supposai qu'il y avait une autre raison à votre rendez-vous. Eh bien je m'étais trompée ! Simplement vous dissimuliez à la perfection votre véritable nature ou peut-être l'ignoriez-vous ! Quoi qu'il en soit madame Nogaret le désir vous rend encore plus belle ! »

Elle s'éclipsa avant que j'eusse pu répondre.

Je m'allongeai sur le lit sans penser à rien. J'aperçus l'œilleton mais n'éprouvai pas l'envie d'y regarder. Je préférais tenter d'oublier ma vie au-dehors et me laisser prendre par l'atmosphère presque sensuelle de la pièce. Bientôt mon corps s'éveilla et je fermai les yeux.

Merlaud entra, essoufflé. Je supposai qu'il avait couru pour venir me rejoindre et cela me fit plaisir. Pourtant, il ne se précipita pas à mes côtés. Il alla s'asseoir dans son fauteuil habituel, et encore haletant, m'observa en silence.

« Viens ! » lui proposai-je doucement.

Il secoua la tête avec un sourire énigmatique qui m'agaça. Nous demeurâmes ainsi quelques minutes encore. J'avais envie d'aller moi-même le chercher tellement le désir me devenait insupportable, quand enfin il s'approcha.

Il remonta alors ma robe, m'attira vers le bord du lit afin que mes jambes fussent dans le vide, et debout il me prit avec frénésie.

Je m'agrippais à ses hanches, lui répétais que je l'aimais, que je voulais demeurer soudée à lui.

Entre deux râles de jouissance, j'aperçus son visage convulsé et son regard toujours fixé sur moi. Celui-ci était froid, lointain, et me troubla. Toutefois, emportée par le plaisir, j'oubliai très vite.

Je me réveillai brusquement. Avais-je dormi ? Combien de temps ? Merlaud était retourné dans son fauteuil et s'y tenait immobile, les yeux mi-clos. Je m'enroulai dans un drap et vins m'asseoir sur l'accoudoir, à ses côtés. Je l'embrassai.

« Je t'aime » lui chuchotai-je à l'oreille.

Il me repoussa avec douceur mais fermeté.

« Comment as-tu trouvé l'article ? me demanda-t-il.

— Efficace. Au moins les choses sont claires. D'ailleurs Lucien en a pris un sacré coup !

— Ce n'est pas suffisant, répliqua Merlaud, je n'ai pas pu répondre aux questions de ma conclusion et ça m'ennuie. Je ne dispose pas d'éléments suffisamment probants. C'est à toi de me les fournir maintenant ! Je ne peux pas m'arrêter en si bon chemin. L'opinion et le patron ne me le pardonneraient pas !

— Tu as probablement raison ! Mais n'est-il pas plus sage de le laisser souffler un peu ? De…

— Ça ne va pas, non ! s'exclama-t-il en se levant. Tu crois que le bourreau doive écouter sa victime juste avant l'exécution ? Il faut cogner vite et fort jusqu'à ce qu'il ne puisse plus se relever ! »

Je fus parcourue par un frisson d'angoisse. Je pressentais que tout allait trop vite, et Merlaud me paraissait anormalement acharné.

« Je préfère qu'on attende un peu, répondis-je. De toute manière je suis la seule à pouvoir te donner les informations dont tu as besoin... »

Merlaud éclata de rire, et vint me rejoindre. Il me prit tendrement par les épaules et m'embrassa dans le cou.

« C'est vrai que sans toi je n'ai guère de chances de savoir le fin mot de l'histoire. Mais crois-moi, ce serait une erreur de temporiser. Pour toi, ta vengeance, mais aussi pour nous. Si Lucien est fini tu pourras faire ce que tu veux... »

Ce dernier sous-entendu me fit sourire. Je me doutais bien que l'attitude de Merlaud était intéressée et qu'il serait prêt à tout pour m'infléchir. Pourtant je refusais d'admettre que ce fût la seule motivation de sa présence à mes côtés. Il devait m'aimer ! Sinon comment expliquer qu'il fît l'amour avec moi avec autant de passion et de plaisir ? Finalement, je trouvai qu'il avait raison ! Lucien, laminé par les racontars et les articles de *L'Echo,* ne serait plus en mesure d'imposer sa loi. Je pourrais effectivement faire ce que je voudrais. Le sens de ma vengeance résidait aussi dans cette nouvelle liberté. J'embrassai Merlaud.

« Soit ! lui dis-je, il faut en finir le plus vite possible ! »

Il m'enlaça longuement, et sauta sur ses petites jambes pour aller prendre un bloc de papier et un stylo qu'il avait préparés sur la table.

Il alluma un cigare et commença de m'interroger à nouveau sur la guerre de Lucien et Louvois, et cette fameuse histoire du « Chat ».

Je lui contai ce que je savais et lui promis d'essayer d'en apprendre un peu plus long en questionnant les uns ou les autres.

« Ne t'inquiète pas, m'assura-t-il, de toute façon si l'on ne réunit aucune preuve, j'inventerai... »

J'éprouvai un léger pincement de cœur en pensant à Lucien, mais je ne voulus pas me laisser attendrir. Ce que j'avais désiré se réalisait. Ce n'était pas le moment de faiblir.

Nous décidâmes de nous séparer très rapidement. Je ne voulais pas arriver en retard à la ferme et de son côté sa femme et ses enfants l'attendaient. Nous ne convînmes pas d'un nouveau rendez-vous. Je devais lui téléphoner quelques jours plus tard et nous verrions à ce moment-là.

« Ça va être long... lui confiai-je sur le pas de la porte.

— Plus tant que ça, me répondit-il avec un clin d'œil complice, Hubert voudra certainement faire passer le papier en priorité... »

Nous nous étreignîmes une dernière fois. Il glissa sa main sous ma robe. Comme elle remontait lentement le long de ma cuisse je me détachai pour ne pas succomber. Je m'éloignai dans le couloir en le traitant affectueusement de beau salaud.

Trois jours passèrent. Nous approchions du Jour de l'An. Il faisait toujours aussi froid mais la neige avait cédé la place au soleil.

Je travaillais d'arrache-pied pour mieux contenir mon désir tenace de revoir Merlaud. Je me réveillais avec lui. Plusieurs fois par jour je rôdais autour de la voiture avec l'envie de sauter dedans et d'aller le prendre à l'improviste à la sortie du journal.

Je me consolais en voyant Lucien de plus en plus nerveux. Il tournait en rond dans la cour de la ferme, ou bien partait durant de longues heures, la mine toujours sombre. Tour à tour il laissait éclater sa colère ou se réfugiait dans un silence hautain. Il chassait de moins en moins souvent, au grand dam de Robert qui tentait de l'y entraîner chaque matin.

Il lui arrivait aussi d'avoir un comportement que je ne lui avais jamais connu auparavant. Ainsi un matin, alors que je balayais le grenier, il apparut dans l'encadrement de la porte. Sa forte stature se découpait comme une ombre chinoise sur le ciel clair du dehors.

« Qu'est-ce que tu viens faire ? lui demandai-je en continuant mon travail.

— Rien ! » répondit-il.

Je haussai les épaules et me redressai.

« Eh bien ! Déplace donc ces sacs de grain qui me gênent ? »

Il ne bougea pas. Son attitude m'agaça d'autant plus que je ne parvenais pas à voir l'expression de son visage à contre-jour. Je préférai changer de sujet.

« Et tes amis du Parti ? Tu devais les contacter ? Tu l'as fait ? »

Il secoua la tête et se retira brusquement, toujours sans un mot. J'allais le rattraper pour l'encourager à se remuer, mais j'y renonçai.

Comme chaque année la soirée du Nouvel An se tenait dans le café de Clovis, à Saint-Germain.

Lucien et moi arrivâmes avec les enfants vers dix heures. Julie et Robert nous avaient précédés de peu. La femme de Clovis avait décoré l'endroit avec de grandes guirlandes multicolores qui pendaient au-dessus des têtes, d'un mur à l'autre. Les vitres de la devanture et les miroirs étaient recouverts de dessins naïfs représentant des lutins et des arbres de Noël.

Clovis avait disposé derrière son comptoir le tourne-disque tout neuf qu'il avait offert à ses enfants, en l'assortissant probablement d'une interdiction d'y toucher. Le haut-parleur était accroché au clou qui soutenait déjà le calendrier. Il fallait surtout éviter qu'un client éméché vînt l'abîmer.

« Vous comprenez, c'est tout nouveau, expliquait-il, et d'après ce qu'on dit, il ne faut pas que ça bouge, sinon le bras déraille et ça bousille les disques... »

A côté de lui, il y avait une pile de 78 tours, et quelques autres plus récents, achetés par ses enfants.

« On ne les passera qu'à la fin pour leur faire plaisir, nous prévint Clovis, leurs " idôles " comme ils disent ne font que brailler ! »

Je reconnaissais à peu près les mêmes qu'à la partie de chasse, mais cette fois-ci, leurs visages congestionnés par l'alcool semblaient plus gais. Ça parlait et buvait dans tous les coins. Quelques couples dansaient sur des ritournelles de Charles Trenet. D'autres déjà hébétés par l'alcool et la fumée demeuraient assis à les regarder s'amuser d'un œil torve.

J'éprouvai un choc en apercevant Merlaud qui évoluait sur la piste avec sa femme dans les bras. Je regrettai qu'il n'existât pas une fable intitulée « Le crapaud et la jument ». Elle les eût probablement décrits parfaitement. Je comprenais maintenant qu'il me répétât que j'étais belle. Je l'étais en effet, et emportée par l'air de fête qui régnait dans la salle, je décidai d'être la plus excitante de la soirée. Je voulais lire le désir dans les yeux de tous les hommes présents, mais aussi leur regret de ne pouvoir m'étreindre... Merlaud serait le seul à pouvoir le faire, s'il le voulait !

Je bus quelques verres de vin coup sur coup, et me mis à rire de plus en plus fort de toutes les bêtises que j'entendais autour de moi.

Lucien, qui discutait avec les uns et les autres d'un air absorbé, ne me voyait pas. De toute manière je m'en fichais bien. Je voulais danser, tourner, m'étourdir...

Je n'entendais plus les paroles des chansons. Je sentais simplement les mains de mes cavaliers qui s'égaraient parfois sur mes fesses, leurs haleines fortes, et leurs cuisses qui venaient se glisser avec insistance entre les miennes.

Il m'arrivait de croiser le regard de Merlaud, toujours aux bras de sa femme qui semblait le tenir en laisse. Il me désirait et je lui souriais. J'espérais que son imagination galoperait et qu'il inventerait le moyen que nous puissions faire l'amour à la barbe de toute cette assemblée.

Lucien me regardait aussi, mais c'était pour m'adresser des reproches silencieux. Comment pouvais-je me conduire ainsi, moi l'épouse du maire ? Et au moment même où la carrière de son mari se trouvait dangereusement menacée ? Alors en sautant sur place ou en faisant la ronde avec les autres je me répétais quelques-unes des humiliations et des souffrances qu'il m'avait fallu endurer en silence, à cause de lui. Je savais qu'il était inquiet, paniqué peut-être ? Mais ce soir-là je souhaitais qu'il mesurât le poids réel de sa solitude.

Un peu avant minuit, j'allai aux toilettes me refaire une allure avant les douze coups de minuit. Il fallait bien cela pour les embrasser tous. Je traversai la salle en accentuant légèrement la courbure de mes reins. Je voulais en faire baver à Lucien...

Le cabinet de toilette se situait dans un autre bâtiment. Lorsque je sortis, l'air glacé me fouetta le visage et me dégrisa quelque peu. Je m'arrêtai un instant sur le perron et respirai profondément avant de traverser la cour.

Je finissais de me maquiller quand j'entendis gratter à la porte. C'était Merlaud et j'ouvris.

« Vite ! Vite ! chuchota-t-il en refermant, je l'ai jetée dans les bras de Louvois, et je n'ai que quelques minutes ! »

Je m'abandonnai aussitôt.

En faisant l'amour avec lui, dans l'étroitesse de ce réduit et au risque d'être surprise, j'avais la sensation de donner à ma vengeance un tour encore plus diabolique que je ne l'avais imaginé jusqu'ici. Je ne faisais pas que tromper Lucien, je le ridiculisais, je l'humiliais ! En même temps je scellais avec Merlaud le pacte d'amour qu'il venait une fois encore de me proposer ! J'étais comblée par ces pensées ! Beaucoup plus que par cette jouissance que nous partagions à la va-vite !

Trop anxieux de se faire surprendre, Merlaud ressortit aussi vite qu'il était entré après m'avoir effleuré les lèvres d'un baiser rapide.

Je recommençai de me maquiller, mais cette fois-ci j'éclatai de rire en voyant mon visage se refléter dans le miroir mural. La vraie Louise me faisait face !

Je regagnai le café quand Gérard vint à ma rencontre, l'air affolé.

« Maman ! Papa est parti ! Il s'est mis en colère et... »

Je n'écoutai plus ses explications et me hâtai de rejoindre les autres. Clovis avait mis la musique en sourdine. Tout le monde me regardait, l'air consterné.

« Dieu sait ce qui lui a pris, commença Louvois, tout à coup il s'est mis à gueuler comme un âne, à nous injurier. Il me semble bien qu'il avait avalé plusieurs verres coup sur coup.

— Eh tiens ! Evidemment ! intervint Clovis, je sais bien ce qu'il a bu ! C'est moi qui le servais !

— Alors on a voulu le calmer, continua Louvois, mais il n'y a rien eu à faire ! Il a bousculé Robert qui tentait de le retenir et il est sorti ! Le temps qu'on réagisse et il avait foutu le camp !

— Et Robert ? Où est-il ? demandai-je.

— Il est parti à sa recherche ! »

Julie s'approcha de moi.

« Je ne voudrais pas me mêler de vos affaires, chuchota-t-elle, mais je crois qu'il vaudrait mieux rentrer. »

J'entendais les murmures autour de moi. « Il faut

dire qu'avec ce qui lui arrive... Dame ! Ça en aurait tourné la tête à plus d'un ! »

Gérard, et Colette qui pleurait déjà, se tenaient face à moi, guettant ma réaction.

« Eh bien, n'en déplaise à vous tous, pensai-je, ce soir je ne suis plus l'épouse du maire, mais une femme libre, et je veux m'amuser. Lucien peut bien courir la campagne, il ne risque pas de se perdre ! Surtout avec Robert à ses basques ! »

« Bah ! affirmai-je d'un ton rassurant, il ne va pas tarder ! Il sera allé prendre l'air ! »

Il y eut un mouvement d'hésitation dans l'assistance et Clovis décida d'aller remonter le son. A cet instant Gérard s'approcha de moi.

« Pourquoi tu ne veux pas aller le chercher ? » s'écria-t-il.

Surprise par sa soudaine agressivité, j'hésitai à répondre. Déjà Clovis avait rappliqué et le cercle des curieux s'était resserré autour de nous.

« Mais écoute ! Ce n'est pas grave ! Lucien va revenir ! » dis-je gentiment en tendant la main pour lui caresser les cheveux.

Il recula.

« Si, c'est grave ! Il ne reviendra pas, si ce n'est pas toi qui vas le chercher ! Il faut que tu viennes !

— Oh tu m'embêtes ! répliquai-je, soudain excédée par ce défi qu'il me jetait devant tout le monde, ton père fait ce qu'il veut ! »

Je me dirigeai alors vers le bar quand il agrippa ma robe.

« Tu n'aimes pas papa ! me lança-t-il.

— On ne parle pas ainsi à sa mère ! » criai-je.

Je le giflai avec violence.

Il ne pleura pas et continua de me fixer droit dans les yeux.

« En tout cas, ajouta-t-il d'une voix tremblante de rage et de chagrin mêlés, moi je ne t'aime plus ! »

Il se précipita vers la porte et disparut dans la nuit. Colette hoquetait tellement en pleurant qu'elle se pelotonna contre Julie. Celle-ci ne dit rien et l'entraîna dehors. Probablement allaient-elles rentrer à la ferme ?

Je décidai de ne plus penser à rien. Je voulais atténuer ce goût d'amertume qui encombrait ma gorge et tendis mon verre à Clovis. Il me le remplit et mit un nouveau disque. La fête reprit son cours avec d'autant plus d'entrain que désormais les invités avaient un sujet de conversation.

J'attendais que le jour se levât pour quitter le café. J'étais la dernière convive. Assise à une table au milieu de la salle je sirotais le café que Clovis venait de me servir.

J'avais mal à la tête et éprouvais de la difficulté à relier mes pensées entre elles. La plupart tournaient autour de Lucien et de sa fuite. Ma vie m'apparaissait à l'image de ce qui m'entourait. Un vrai capharnaüm ! Des tables dans tous les sens, jonchées de verres et de cendriers pleins, des banderoles pendant lamentablement ici et là, et des mégots qui traînaient partout...

J'eus soudain l'envie de respirer un air pur et frais. De me sentir plus légère ! Je repensai à Vézelay. En partant à cet instant je pouvais arriver sur l'esplanade de la basilique pour le lever du soleil. Comme je ne voulais pas repasser à la ferme, je demandai à Clovis de me prêter sa voiture. Trop content de pouvoir aller dormir, il m'en confia les clés.

Je pus éteindre les phares à partir de Précy. Le ciel prenait sa teinte claire du matin et j'apercevais la colline de Vézelay au loin. Elle m'émouvait toujours autant. Depuis que ma mère m'avait raconté qu'on y avait prêché les croisades, je m'imaginais tel un pèlerin prêt à partir en terre sainte chaque fois que je m'y rendais. Cela me rassurait. Si je n'avais plus de religion, au moins avais-je conservé l'esprit religieux.

Je roulais vite, certaine de ne pas croiser qui que ce fût à une heure aussi matinale un 1er janvier. Plus j'approchais, plus les formes harmonieuses de la ville et de son église se précisaient, et plus je me sentais redevenir impressionnable.

La voiture grimpa péniblement jusqu'en haut de la rue principale. Je l'abandonnai sur le parvis, et à pied je contournai la basilique pour rejoindre la grande terrasse qui domine la campagne.

Appuyée contre le rempart de pierre, je tentai durant quelques instants de repérer Saint-Germain, puis j'y renonçai. La fuite de Lucien, la haine violente exprimée par Gérard et les pleurs de Colette me revenaient en mémoire.

Je portais tout cela comme ma croix. Certes je l'avais bien voulu. Mais dans quelle mesure justement ? Avais-je réellement choisi de me venger de Lucien ou bien y avais-je été contrainte ? Je ne savais plus très bien. Quoi qu'il en fût, à cet instant précis, je lui en voulais plus que jamais auparavant. J'avais la certitude qu'il avait monté Gérard contre moi, et je trouvais cela ignominieux. Comment pouvait-il donc oser se servir des enfants pour m'atteindre ?

Je fis encore quelques pas, visitai le cimetière, et tranquillement retournai à l'esplanade.

Malgré mon mal de tête persistant, je me sentais mieux. En tout cas plus forte pour mener ma vengeance à son terme. Lucien méritait le tort que je lui occasionnais et j'avais le droit d'aimer Merlaud et d'en être aimée. Cependant, je n'allai pas plus loin dans ma réflexion. Maintenant il s'agissait de retrouver Lucien.

Quand j'arrivai à la ferme, il était assis dans la cuisine devant une tasse de café. A sa figure fatiguée et ses yeux hagards, je compris qu'il n'avait pas dormi de la nuit. Il ne dit rien en me voyant. Julie sortit peu de temps après, témoignant sans doute ainsi de son hostilité à mon égard.

Je m'assis face à Lucien et attendis qu'il me parlât. J'espérais qu'il allait au moins justifier sa fuite de la veille. Il n'était évidemment pas parti sur un coup de tête ! Comme il gardait obstinément le silence, je me mis en colère. Autant par calcul, mon devoir étant de le secouer, que par besoin de me défouler. Avec la fatigue accumulée durant la nuit, j'avais les nerfs en pelote.

« Enfin quoi, Lucien ! Tu ne vas pas passer ton temps à injurier tout le monde, à faire des fugues comme un gosse, et à rester des heures entières à broyer du noir ! Il faut réagir ! On dirait que tout est perdu, nom d'un chien ! Remue-toi ! Et tes " amis " ? Sont-ils intervenus auprès d'Hubert ? »

Il secoua la tête, puis me regarda. Ces yeux injectés formaient un contraste saisissant avec ses cernes noirs. Il était visiblement épuisé.

« Ils commencent à tous me lâcher ! A Paris on considère que je n'ai qu'à me démerder ! On m'a d'ailleurs rappelé certains de mes votes au Conseil général où j'avais montré une certaine indépendance de jugement...

— Eh bien ! Ce n'est probablement pas en agissant comme tu l'as fait hier que tu risques d'améliorer les choses ! D'ailleurs où es-tu allé après ton départ ?

— J'ai passé un moment dans la maison abandonnée... Gérard m'y a retrouvé. »

Il paraissait si lamentable que cela redoubla ma colère.

« Mais enfin qu'est-ce que tu peux bien trouver à cet endroit ? Au milieu des courants d'air en plein hiver ? Non, je vous jure ! »

Je me levai pour me servir du café.

« Et le tract que tu devais faire circuler dans la population pour dénoncer les attaques de *L'Echo*, tu l'as fait ?

— Non ! Ça ne servirait à rien !

— C'est toujours utile de lutter ! Tu me l'as pourtant assez rabâché ! Puisque c'est ainsi je me battrai à ta place ! J'irai voir tous les commerçants d'Avallon s'il le faut et je leur expliquerai ce qui arrive... »

Je me tus. Lucien ne réagit pas. Appuyée contre l'évier je buvais à petites gorgées en l'observant. A le voir aussi effondré, je comprenais mieux Merlaud. Il fallait maintenant aller vite…

Soudain Gérard fit irruption dans la pièce avec Colette. En m'apercevant ils se figèrent sur le pas de la porte. Nous nous dévisageâmes quelques instants puis ils s'en allèrent.

« Qu'est-ce qui leur prend ? » s'étonna Lucien.

Je haussai les épaules d'agacement.

« Tu dois bien le savoir pourtant… »

Je sortis à mon tour, excédée par autant de mauvaise foi.

7.

Ce matin-là, Lucien partit à Avallon avec Robert y régler quelques affaires à la coopérative. Il emmena les enfants qu'il déposerait à l'école en passant.

Je mis à profit la tranquillité qui régnait à la ferme pour me laisser aller. J'avais l'humeur maussade. L'absence de Germaine me pesait de plus en plus. Je ne voyais pas assez Merlaud et Lucien me semblait presque invincible. Enfin ma vie m'apparaissait bien quelconque.

Je musardai dans la cour à regarder ces bâtiments que j'habitais maintenant depuis quinze années. J'imaginais tout ce qu'ils avaient dissimulé comme histoires petites et grandes, comme drames ou événements heureux. Je saisissais mieux ce que voulait dire mon père lorsqu'il affirmait que les murs aussi avaient une âme...

Clovis me surprit dans mes pensées. Comme il était venu par l'écurie, je ne l'avais pas entendu arriver. Il demeura sur le pas de la porte.

« Bonjour, Louise ! lança-t-il d'un ton enjoué, je peux te dire un mot ? »

J'acquiesçai d'un hochement de tête. Il me rejoignit en quelques enjambées. C'était un solide gaillard. A mon grand étonnement, le vin qu'il consommait sans relâche n'avait encore eu aucun effet sur sa santé. La plaisanterie qu'il répétait toujours avait peut-être un fond de vrai : « Chez nous on boit de père en fils depuis des dizaines de générations... On a fini par être immunisés ! »

Je le trouvais insupportable. Hâbleur, paresseux et opportuniste, il représentait tout ce que je détestais au monde. Il connaissait mes sentiments à son égard mais manquait tellement d'amour-propre qu'il le supportait et était capable de bavarder avec moi comme si j'eusse été sa meilleure amie. Nous fîmes quelques pas l'un à côté de l'autre en direction de la mare.

« Je prends ça sur mon bonnet de venir causer avec toi, commença-t-il, je crois qu'il le faut... Voilà ! C'est au sujet de Lucien !... »

Il garda le silence, guettant une réaction de ma part. Je demeurai impassible. C'était la meilleure manière de le mettre mal à l'aise et de le faire parler bien au-delà de ce qu'il voulait dire.

« Je t'écoute...

— Voilà, Louise ! Ça commence à grincher au Conseil... Ils sont de plus en plus nombreux derrière Charlieux à se plaindre de Lucien. Il n'est pas assez présent et ne s'occupe pas suffisamment des affaires de la commune. Bref, ça ne va pas ! Et s'il continue, j'ai peur qu'il arrive une catastrophe. »

Je haussai les épaules, l'air indifférent.

« Que veux-tu que j'y fasse ? Voilà belle lurette que je ne m'occupe plus de son travail !

— Peut-être ? Mais cette fois-ci c'est grave... Et l'on risque de perdre la majorité très rapidement. »

Je sentais la colère venir doucement. Ainsi aucun de ses prétendus amis n'osait le mettre en garde ! Même pas lui, Clovis, qui lui devait tout ! Je le revis en train de faire l'amour avec cette inconnue chez la Jeanne. Tout concordait bien ! Non seulement il trompait sa femme, mais en plus il était lâche ! Le personnage me dégoûtait. J'allais l'envoyer paître quand je me ravisai. Il était trop tard pour s'en faire un ennemi...

« Très bien, dis-je avec effort, je lui en toucherai un mot. Mais je ne garantis pas pour autant que... »

Soulagé, Clovis me coupa la parole.

« Bien sûr, Louise ! Bien sûr ! Mais enfin il y a de grandes chances que ça le fasse réfléchir... »

Pour la forme je lui demandai des nouvelles de sa femme et de ses enfants puis je l'entraînai à la cuisine pour lui offrir un verre de vin.

« Ah ! fit Julie qui ne l'aimait pas, voilà le " saouleux " de Saint-Germain ! Vous n'avez donc pas assez d'alcool chez vous pour venir boire celui des autres ! »

Clovis ne se formalisa pas de cet accueil. Il en avait l'habitude et plaisanta à son tour.

« Alors Julie ! Toujours de bonne humeur à ce que je vois ! Je viens boire avec vous parce que vous ne venez jamais boire chez moi...

— Oh ça ! Il n'y a aucun danger ! » répliqua-t-elle.

Elle s'inventa quelque chose à faire dehors et sortit.

Clovis ne fut pas long à l'imiter. Toujours aussi courageux, il ne voulait pas que Lucien le vît ici.

« Des fois qu'il devinerait ! me confia-t-il en grimpant dans sa voiture, il m'en voudrait ! »

Le véhicule n'était pas sorti de la cour que Julie me rejoignit.

« Alors ? dit-elle d'un air mauvais, les rats commencent à quitter le navire ? »

Cela y ressemblait effectivement, et je m'en réjouissais. Chez lui, à la mairie ou ailleurs, Lucien devrait désormais se méfier de tout le monde.

Il revint de la coopérative en fin de journée. Il paraissait soucieux et voulait qu'on dînât le plus vite possible, pour avoir le temps de faire ses comptes. Il allait ressortir de la cuisine pour rejoindre Robert quand Julie lui apprit la venue de Clovis.

« Il est passé, et je suppose que ce n'était pas seulement pour boire le coup. »

J'étais confuse. J'avais complètement oublié de lui dire de se taire. Je saisis dans son regard une sorte d'hostilité muette. Comme si elle avait deviné qu'elle ne devait rien rapporter, mais qu'elle le faisait quand même pour me placer en porte-à-faux vis-à-vis de Lucien.

Ce dernier marqua un temps d'arrêt sur le pas de la porte. Visiblement il tentait de contenir son irritation.

« On ne me dit plus rien... » remarqua-t-il simplement.

Il s'en alla. Ces quelques mots pouvaient tout aussi bien être destinés à Clovis qu'à moi-même, et je laissai éclater ma colère après Julie.

« Vous ne saurez donc jamais tenir votre langue ! Vous n'aviez pas compris sans doute que Clovis désirait garder sa visite secrète ?

— Ah non ! répondit-elle d'un air naïf, je pensais qu'il était venu au su de tous... »

Elle mentait mais je n'osai pas le lui reprocher. Elle m'en voulait suffisamment comme cela.

« Dame, reprit-elle tout à coup, s'il voulait vous voir en cachette, il n'avait qu'à vous donner rendez-vous dans un endroit discret ! Il n'en manque pas dans le pays, hein ? »

Un instant je crus qu'elle faisait allusion à mes rencontres avec Merlaud chez la Jeanne, puis je trouvai cette hypothèse ridicule. Comment l'aurait-elle su ? Je conservai un silence indifférent et continuai de dresser la table.

Ce soir-là j'allai me coucher tard. Les enfants avaient absolument tenu à jouer aux petits chevaux avec Julie et moi jusqu'à ce qu'il y eût un vainqueur incontestable. Ce fut Colette. Elle eut cette remarque désabusée :

« C'est drôle, quand c'est le hasard, je gagne tout le temps... »

Je les envoyai dans leur chambre puis je rejoignis Lucien toujours plongé dans ses livres de comptes. Je l'observai en train d'aligner des chiffres, penché sur son cahier, et en même temps je pensais à Merlaud qui me manquait de plus en plus. Quand écrirait-il donc son article, que je puisse le voir ? Peut-être l'appellerais-je le lendemain ?

« Tu ne te couches pas ? me demanda Lucien.

— Si ! Si ! répondis-je, mais je me rappelais cette visite de Clovis.

— Un peureux ! Je sais à quoi m'en tenir !

— C'est-à-dire ?

— Il est trop opportuniste pour que je puisse compter sur lui ! Je suppose qu'en venant ce matin il désirait sonder auprès de toi ma réelle solidité ?

— Je l'ai rassuré ! affirmai-je.

— Je n'en doute pas !

— Mais il souhaitait surtout que je t'encourage à reprendre sérieusement en mains les affaires municipales…

— Ça lui ressemble bien ! Aucune perspicacité…

— Que veux-tu dire ? m'inquiétai-je, soudain inquiète.

— Rien ! Rien ! »

Je n'insistai pas. Pourtant cette allusion au manque d'influence qu'il me prêtait sur lui-même me préoccupait. J'y voyais la réflexion d'un homme sûr de lui et qui ne se sentait pas menacé. Cela réveilla ma vigilance. Je devais à tout prix le convaincre que je lui étais indispensable dans son combat.

« Tu as fait quelque chose auprès de tes amis politiques ?

— Non !

— Mais enfin, Lucien, il faut te remuer ! Et vite ! Fais-les intervenir ! Que t'arrive-t-il pour être aussi passif ? »

Il posa son stylo et me décocha un sourire, qui semblait presque exprimer le bonheur.

« Au point où j'en suis ça n'a plus beaucoup d'importance !

— Eh bien, répondis-je d'un ton aigre, comme je te l'ai dit, j'ai déjà vu quelques commerçants pour les convaincre que tu es la victime d'une machination ! Je vais continuer... »

Je m'attendais à ce qu'il s'enthousiasmât. Au lieu de cela il demeura assis, et me remercia sans chaleur, la tête toujours baissée. Je le sentais libre, presque hors de portée.

Je me retournai vers le mur pour échapper à la lueur de la lampe, et je fis semblant de dormir jusqu'à ce que cela arrivât vraiment.

Le lendemain au réveil, j'avais mal à la tête et je me sentais inquiète sans raison précise. Je supposai que le temps, soudain beaucoup plus doux, en était responsable et je me rendis à la cuisine. En chemin, j'aperçus Colette qui donnait du grain à quelques pintades. Je m'approchai.

« Où est ton frère ? lui demandai-je.

— A sa cabane ! » répondit-elle en désignant la maison abandonnée d'un mouvement de tête.

De savoir Gérard encore fourré là-bas me mit de mauvaise humeur.

« Nom d'un chien ! m'exclamai-je, qu'est-ce qu'il peut bien y faire ? »

Colette haussa les épaules, l'air dubitatif.

« Il y taille ses flèches... »

Je trouvai cela complètement idiot.

« Au lieu de traîner ici toute la journée comme des âmes en peine, vous ne pourriez donc pas partir vous promener à vélo...

— Maman, me coupa Colette soudain sérieuse, nous sommes contents ainsi. Pourquoi veux-tu qu'on fasse autrement ?

— Mais parce que... »

Je m'interrompis aussitôt. J'allais encore débiter un long sermon sur leur incapacité à s'amuser et cela ne servirait à rien. De toute façon ils n'en feraient qu'à leur tête.

Un instant, je pensai les avoir mal éduqués. Probablement avais-je manqué de fermeté ? Cette inquiétude nouvelle redoubla mon impression de lassitude et j'éprouvai le désir violent d'étreindre Colette pour y trouver quelque réconfort.

Celle-ci ne comprit pas lorsque je l'enlaçai. Elle se contracta comme si elle voulait se défendre. Je la serrai à l'étouffer. Je compris soudain qu'elle pleurait et essayait de se dégager. Elle finit par gesticuler tellement que je la lâchai. Elle partit en courant.

« Mais où vas-tu Colette ? balbutiai-je, tu... »

Elle avait déjà disparu au détour de l'écurie. Je demeurai au milieu de la cour, les bras ballants. Ainsi cette petite garce m'avait repoussée ! Elle ne m'aimait pas ! D'ailleurs elle ne m'avait jamais aimée ! Elle avait toujours préféré son père. N'avait-elle pas pris son parti le soir du Nouvel An ?

Je sanglotai à mon tour, mais de rage. Ma vue se brouilla. Bientôt tout fut flou et m'indifféra. J'étais aussi inutile au monde que les poules qui picoraient à mes pieds. L'odeur du tas de fumier, un peu plus loin, me levait le cœur. J'en voulais à la terre entière de me sentir aussi seule. A Germaine qui m'avait abandonnée, Merlaud qui ne me faisait pas signe, Lucien qui m'avait trompée et envers qui j'allais me montrer encore plus impitoyable.

Ma colère redoubla lorsque j'aperçus Julie qui m'observait par la fenêtre. Elle ressemblait à une vieille sorcière en train de jeter un sort. L'idée qu'elle avait peut-être tout vu me propulsa vers la cuisine ! Ah non ! Je n'allais pas m'en laisser conter par une domestique ! Surtout que je la portais en grande partie responsable de l'hostilité des enfants à mon égard. Elle dut comprendre, car sa tête disparut aussitôt du carreau.

« Vous n'avez donc rien de mieux à faire que de m'épier ? » m'écriai-je sitôt entrée.

Contrairement à son habitude, elle me fit face et me jeta un regard de mépris que je ne lui avais jamais connu.

« Je n'épiais pas Madame, je regardais une fille qui échappait à sa mère ! »

C'en était trop. Je considérai qu'elle avait dépassé les bornes, et je ne pus contenir ma fureur.

« De quoi vous mêlez-vous ? hurlai-je, est-ce le travail d'une bonne de se préoccuper des relations de sa patronne avec ses enfants ? Vous feriez mieux de jacasser un peu moins et de travailler un peu plus ! »

Julie suffoqua de surprise. Jamais je ne m'étais adressée à elle avec une telle virulence. Jamais je n'avais transgressé les règles du respect dû à son âge ! Pourtant elle se domina.

« Je parle peut-être trop, madame, mais j'ai au moins la joie que d'autres aiment le faire avec moi ! Vos petits par exemple, qui sont plus souvent dans mes jupes que dans les vôtres ! Et vous savez pourquoi madame ? Vous savez pourquoi ?... »

Elle s'interrompit et se rapprocha de moi tout en appuyant ses poings sur la table.

« Parce que je les aime moi ! Vous comprenez ce que ça veut dire ?

— Ça suffit ! lui lançai-je.

— Eh bien non justement ! Je me tairai quand je le voudrai bien ! Je suis idiote voyez-vous ! Parce qu'aimer vous ne pouvez évidemment pas comprendre ! Vous qui détestez votre mari, vos enfants, votre personnel... Jusqu'à vos bêtes !

— Je vous interdis de me parler sur ce ton... »

Julie haussa les épaules.

« Il est trop tard, madame Nogaret, pour que je vous cause autrement. J'en profite même pour vous dire que vous ne le mériteriez pas. En haïssant le monde entier, c'est vous-même que vous haïssez ! »

Elle était désormais toute proche de moi, les yeux toujours rivés dans les miens. J'étais comme hypnotisée et ne parvenais plus à articuler le moindre mot.

« Même votre sœur en avait par-dessus la tête de votre égoïsme, de votre dureté ! Combien de fois n'est-elle pas venue ici, à cette table me confier sa déception de vous voir ainsi ! »

J'écarquillai les yeux.

« Ça vous étonne, hein ! continua-t-elle, mais c'est ainsi ! En restant dans cette cuisine j'en connais plus sur le monde que si je passais mon temps dehors ! Comme vous par exemple… »

Elle laissa la fin de sa phrase en suspens. Je devinai à son regard amusé qu'elle en savait encore long, mais ma colère était telle que cela ne m'impressionna pas.

« Si vous croyez que vous allez pouvoir me raconter tout ce qui vous traverse la tête sans qu'il y ait de conséquences, répliquai-je, vous vous trompez lourdement ! Je vous renvoie Julie ! Je vous renvoie ! Dès aujourd'hui vous pouvez faire vos valises ! »

Elle s'esclaffa. Je ne pus m'empêcher de me trouver ridicule.

« Madame Nogaret, dit-elle l'air attendri, à moins que le monde ait changé, je ne crois pas que ce soit à vous de me donner mon congé ! Ah non ! Ça c'est l'affaire des hommes ! Allez donc demander son avis à monsieur Lucien et nous verrons ! »

Elle continua de rire et alors que j'allais sortir, reprit :

« Vous savez, madame, après ce que vous venez de m'ordonner et même si monsieur Lucien voulait que je reste, je devrais partir ! Mais voyez-vous, je demeurerai ici ! Car j'ai dans l'idée que c'est ce qui vous dérangera le plus ! »

J'affirmai à Julie qu'elle allait me le payer, avant de claquer la porte avec violence.

Je cherchai aussitôt Lucien, bien décidée à aller jusqu'au bout. J'étais d'autant plus déterminée que je ne doutais pas un instant qu'il pût me refuser son renvoi après ce qu'elle venait de me jeter à la face.

Cela m'arrangeait. En la mettant dehors, il se priverait de l'un de ses plus fidèles soutiens.

Je le trouvai seul dans l'étable, à réparer une herse à foin brisée.

« Lucien ! Il faut que je te parle !

— Tout de suite ? demanda-t-il, contorsionné pour replacer un barreau en bois, tu ne vois pas ce que je fais !

— Je m'en fiche, ce que j'ai à te dire est grave ! »

Il se redressa en sueur et le regard interrogateur.

« Je veux que tu fiches Julie dehors ! » exigeai-je aussitôt.

Il était tellement éberlué qu'il garda le silence.

« Elle m'a insultée, Lucien ! Tu comprends ? Insultée ! Et je ne tolérerai pas que… »

Il m'attrapa alors par le bras. Son regard était effrayant. Il serrait tellement fort que j'avais mal à en hurler. Pourtant je me taisais.

« Tant que je serai de ce monde, gronda-t-il, jamais Julie ne quittera ces lieux ! Tu m'entends ! Jamais ! Il n'existe aucune raison, aussi grave soit-elle, qui puisse le justifier. »

Il me relâcha avec une violence contenue. Je me frottai la peau et contractai mes mâchoires pour ne pas pleurer.

« Très bien ! Tu préfères ton personnel à ta femme ! »

Je tournai les talons et sautai dans la voiture. Je pris la direction d'Avallon. J'y ferais quelques courses. Peut-être cela me calmerait-il ?

Au bout de quelques kilomètres, je regrettai mon emportement. La réaction inhabituellement brutale de Lucien m'indiquait qu'en menaçant Julie j'avais touché à quelque chose d'essentiel dans sa vie. Si je ne voulais pas prendre le risque qu'il devînt plus suspicieux à mon égard, je devais m'excuser auprès de Julie à mon retour. En même temps je me sentais blessée de l'avoir vu si prompt à prendre la défense de la vieille femme. J'en déduisais qu'elle lui était plus nécessaire que moi pour qu'il conservât sa sérénité.

Je me remémorai notre dispute... Cette fois-ci notre rupture était bel et bien consommée, surtout qu'elle avait osé salir la mémoire de Germaine. Comme si ma sœur avait pu exprimer de tels jugements à mon égard !

Parvenue en ville je me rendis aussitôt chez M. Georges, le marchand de couleurs. Cet homme que tout le monde aimait n'avait qu'un défaut : une surdité agaçante qui obligeait les clients à répéter plusieurs fois leurs commandes. Pour ma part j'éprouvais du respect à son égard depuis l'adolescence, et pour une raison toute simple : il avait appelé son magasin l'Arc-en-ciel, et j'avais trouvé cela très beau.

Il me salua et me laissa aller et venir dans la boutique sans plus se préoccuper de moi. Je prenais mon temps, ne sachant pas trop ce que je voulais acheter.

Je pensais à Merlaud qui se trouvait probablement dans les locaux de *L'Echo,* à quelques pas de là. Je luttais contre l'envie d'aller le chercher. Pourquoi d'ailleurs ne fallait-il toujours se voir qu'après la parution de ses articles ? Je décidai de transgresser cette habitude imbécile. Je l'appellerai dès le lendemain.

Soudain je tombai sur un exemplaire de l'Almanach. Je le parcourais d'un œil distrait quand mon attention fut accrochée par une nouvelle étrange intitulée : « Chasse à l'homme ». Il y était question d'un homme qui voyageait en train vers Saint-Nazaire. Il trouvait dans son compartiment une lettre anonyme déchirée en petits morceaux. Par désœuvrement mais aussi par curiosité il la reconstituait et grâce à elle, après de multiples aventures, faisait pincer deux criminels notoires.

D'ordinaire je ne lisais jamais ces histoires présentées comme vraies par leurs auteurs pour mieux allécher le public. Cette fois, j'allai jusqu'au bout de celle-là mais sans vraiment m'y intéresser. En fait j'avais la tête ailleurs. Je rédigeais déjà la lettre anonyme que j'enverrais moi-même à Lucien un peu plus tard.

J'achetai quelques bricoles pour la maison et repris le chemin de la ferme. Je me sentais l'esprit serein et prête à faire toutes les excuses auprès de Julie et Lucien pour la peine que j'avais pu leur occasionner ! Maintenant je tenais un autre moyen quasiment imparable de harceler ce dernier. Il serait une cible découverte et incapable de reconnaître la main criminelle. Je voyais se conjuguer les effets des articles de Merlaud, des commérages, et des lettres anonymes. Et Lucien au milieu de tout cela qui se débattait. Vraiment ce plaisir valait bien quelques excuses hypocrites.

Dès mon arrivée, je demandai pardon à Julie de m'être emportée.

« Dans la vie il arrive parfois qu'on se dise ses quatre vérités, me répondit-elle avec un large sourire, et ça sert toujours ! »

Ensuite le déjeuner se déroula presque gaiement. Comme un orage, la dispute entre elle et moi avait détendu l'atmosphère.

Lucien affectait de ne pas s'en apercevoir, ou bien se trouvait-il réellement loin de nous ? Je n'en savais rien et je m'en fichais éperdument. J'attendais surtout la fin du repas pour faire la première lettre du chantage.

Je devais ramasser une ou deux pages de journal, prendre une paire de ciseaux, de la colle dans les affaires des enfants et enfin m'isoler. C'était le plus difficile. En effet, rien ne pouvait justifier un second voyage vers Avallon, et il était hors de question que je fisse cela à la ferme où je risquais d'être découverte à tout moment. En fait il ne me restait plus qu'un endroit envisageable : le cimetière.

Après avoir enfoui le matériel dans mon sac à main, je m'y rendis au début de l'après-midi, sous le prétexte de me recueillir sur la tombe de Germaine. Personne ne s'en étonna.

A moitié assise sur la pierre tombale, je tremblais légèrement en découpant les lettres et en les collant sur le papier. J'y parvenais à grand-peine. Une bise sournoise faisait se froisser les feuilles de journal et mes doigts glacés avaient beaucoup perdu de leur dextérité. La lettre fut terminée un quart d'heure plus tard. Le calibre différent des caractères en rendait la lecture assez difficile : « Nogaret ! On va bientôt apprendre qui tu es... Ta maîtresse oubliée. »

Je trouvai ce texte convenable. Je le relus à voix haute, puis cachetai l'enveloppe que j'enfouis aussitôt sous mon chemisier. Je jetai le papier journal à la décharge, et méditai un instant devant la tombe. Il me semblait avoir partagé ma vengeance avec Germaine et j'en étais heureuse ! Après tout elle aussi, était l'une de ses victimes !

Je revins à la ferme d'un pas léger.

Comme il en était convenu, j'appelai Merlaud. Nous décidâmes de nous rencontrer chez la Jeanne à dix-huit heures. Dès ce moment le temps me parut s'écouler avec une lenteur désespérante. Je regardais sans arrêt les aiguilles du morbier et ne parvenais pas à me concentrer sur une tâche particulière.

Au milieu de l'après-midi, agacée de tourner en rond, j'allai me promener sur la route de Montmardelin. Je n'avais rien en tête qu'une envie irrésistible de sentir le froid piquer ma peau et voir la campagne sous le ciel plombé d'hiver. Les champs de terre labourée aux teintes sombres et les arbres effeuillés dessinaient un paysage triste et immobile. Le silence était si profond qu'il m'effrayait. J'allongeais le pas comme si la mort que je sentais présente en chaque chose allait me figer à mon tour dans ce décor.

Soudain, au croisement de Le Meix, j'aperçus

Maurice, le vieux cantonnier, qui creusait un trou assez vaste au bord de la route. Il arrêta de piocher et porta sa main à sa casquette pour me saluer.

— Madame Nogaret ! dit-il de sa voix cassée et grave, en balade ? »

Je m'approchai de la cavité et regardai.

« Que faites-vous là ? »

Il fut secoué par le rire.

« En tout cas pas ma tombe ! Je suis encore trop jeune pour ça !

— Vous avez de drôles d'idées, monsieur Maurice !

— Ma foi ! Il faut bien y penser un jour ! »

J'acquiesçai d'un hochement de tête et repris :

« Alors c'est donc un secret ce que vous faites ?

— Pensez-vous ! C'est les Eaux qui ont demandé qu'on mette un tuyau au jour ici ! Paraîtrait qu'il y a fuite ! Tiens d'ailleurs c'est votre mari qui m'a transmis la consigne ! »

Il sortit sa boîte à rouler les cigarettes. Il disposa consciencieusement le tabac sur le rouleau, puis le papier. Enfin il y passa un coup de langue avant de refermer le couvercle d'où jaillit une cigarette presque parfaite. Il la plaça délicatement au coin de sa bouche avant de l'allumer. Il se passerait bien deux à trois heures avant qu'il en fabriquât une autre.

« Et vous, madame Nogaret, où allez-vous ?

— Nulle part, Maurice... Je... me promène !

— Dame, pourquoi pas ! »

J'allais reprendre mon chemin quand il me rappela.

« Dites madame, ça ne me regarde pas, mais ça commence à jaser dans le pays ! On murmure même que votre mari aurait eu une petite à Avallon avec une autre femme ! Mais vous pouvez être tranquille, va ! Je connais tout le monde ici ! On sait bien que ce n'est pas vrai ! »

Je le remerciai :

« Je n'ai pas de conseils à vous donner, reprit-il, mais bon dieu il faudrait que ça s'arrête vite ! Sinon on ne sait pas jusqu'où ça peut aller ! Et les gens sont si bêtes qu'ils répètent tout ce qu'on leur dit ! Tenez, madame Nogaret, ces racontars dans le journal ! Si on laisse écrire ce sera bientôt la Bourgogne que votre mari aura achetée et avec tout son blé en plus ! Non ! Moi je vous l'affirme, il faut arrêter ça !

— Vous avez raison, Maurice, répondis-je l'air affecté, mais vous le savez on ne peut pas grand-chose contre la méchanceté. »

Il grogna en signe d'approbation, puis releva la tête. Je croisai son regard bleu, plein de bonté.

« De toute manière, ça leur portera malheur aux médiseux ! Vous verrez, madame Nogaret ! Un jour ou l'autre, les ragots ça fait aussi du mal à ceux qui les font courir ! »

Il se remit alors à donner de violents coups de pioche dans le sol gelé. J'éprouvais de la difficulté à m'en aller. J'avais entendu les paroles de ce vieil homme comme une prédiction, et brusquement le destin qui s'offrait à moi m'apparaissait effrayant.

Maurice me rappelait le colporteur qui venait de temps en temps à la ferme et disait l'avenir à ma mère. Elle y croyait, même si elle prétendait s'en défier. Je m'en apercevais quand elle nous confiait avec une certaine satisfaction : « Tiens ! Le colporteur ne s'était pas trompé ! C'est arrivé ! »

J'eus la soudaine intuition que Maurice venait de me mettre en garde. Je pouvais encore tout arranger. Je le devais même !

Il me dévisagea, l'air étonné.

« Ça ne va pas, madame Nogaret ?

— Si ! Si ! répondis-je avec précipitation, ça va très bien ! »

Je me sauvai presque en courant.

En allant chez la Jeanne, ma décision était prise. Je demanderais à Merlaud de ne plus écrire ses articles, je ne posterais pas la lettre anonyme et tâcherais de faire taire la rumeur d'une façon ou d'une autre.

Quand je pénétrai dans la chambre, Merlaud souriant m'attendait, toujours assis dans le même fauteuil.

« Allonge-toi ! me dit-il.

— Non ! répliquai-je il faut que je te parle. »

Ce contretemps parut l'irriter.

« Eh bien je t'écoute !

— Voilà ! Je voudrais qu'on en reste là ! »

Il écarquilla les yeux et brusquement fut secoué par un rire sonore qui paraissait ne plus devoir s'arrêter. Quelques larmes coulaient de ses petits yeux, tandis que son ventre rond tressautait dans sa chemise trop petite. Je me sentais désemparée, ridicule même. Enfin il se calma.

« Tu n'es pas sérieuse je suppose ?

— Si ! Tout à fait ! »

Il se leva alors d'un bond et commença d'arpenter la pièce de long en large, le regard rivé sur le sol.

« Et qu'est-ce qui t'a mis ça dans la tête ? demanda-t-il d'un ton de colère retenue.

— J'ai peur ! expliquai-je, ça bavarde trop dans le pays. Et j'ai l'impression qu'on me soupçonne ! J'ai...

— C'est stupide ! Stupide ! s'écria-t-il d'une voix aiguë.

— Je t'assure ! J'ai rencontré le cantonnier ! A sa manière de me parler, de me regarder et de... »

Il m'interrompit à nouveau.

« Mais ma pauvre Louise, tu n'as donc pas encore compris qu'il est trop tard ? Crois-tu que tu vas pouvoir empêcher les gens de cancaner alors que c'est leur passe-temps favori ? Penses-tu demander aux adversaires politiques de ton mari de l'épargner ? Imagines-tu que je vais stopper mon enquête au moment où je suis proche de découvrir le pot aux roses ? Et toi-même, ta haine s'est-elle donc envolée ? »

Il alla s'asseoir sans me regarder et alluma un cigare. Je demeurai debout, ne sachant quoi répondre. Ainsi j'étais vraiment prise dans un engrenage que plus rien ne pouvait arrêter ? Je n'avais plus le choix que de continuer ? Au tréfonds de ma conscience je m'y refusais. Non pas pour épargner Lucien mais surtout pour me protéger moi-même ! Je pressentais que mon sort serait le sien, quel qu'il fût ! Et j'avais peur...

Je rejoignis Merlaud dans le fauteuil et me blottis dans ses bras.

« Comment faire ? m'interrogeai-je à voix haute.

— Aller jusqu'au bout ! répondit-il, de toute façon tu n'as plus le choix !

— Mais les enfants... Notre vie... La mienne... »

Il haussa les épaules et fit une moue fataliste.

« Tu l'as voulu, non ? »

Qu'il me rappelât cette évidence me mit en colère. Je me levai et lui fis face.

« Evidemment, criai-je, tu n'as que ça à la bouche ! Et alors aujourd'hui je ne veux plus continuer ! Pourquoi cette volonté ne serait-elle pas convaincante elle aussi ! »

Il ricana et tira quelques bouffées sur son cigare.

« Parce que tu as déclenché des forces qui te dépassent ! Voilà tout ! Ce que tu exprimes là, ce sont des remords ! Les forces du bien, comme dirait le curé ! Mais repense donc aux quinze années que tu viens de passer ! A ce que tu as subi ! Tu m'en as assez parlé, non ! Eh bien, c'étaient les forces du mal celles-là et tu ne fais que lutter contre elles à ta manière ! »

Il garda le silence un long moment et reprit :

« Quoi qu'il en soit il est également trop tard pour d'autres raisons ! J'ai découvert de nouvelles informations à force d'interroger les survivants de la Résistance. D'une part « le Chat » avait transformé sa fortune en or et le gardait chez lui. On ne l'a jamais retrouvé ! D'autre part, si je suis à peu près certain qu'il a été dénoncé par un membre de sa propre famille, je sais aussi que ton mari et Louvois se présentèrent chez lui quelques minutes après son arrestation. Probablement pour évoquer avec lui des opérations futures. Ils peuvent donc très bien avoir mis la main sur l'or !

— Mais jamais tu ne pourras en avoir la preuve !

— Non, c'est vrai ! Sauf si l'un ou l'autre s'effondre sous l'effet de mes insinuations et avoue... »

Je m'assis sur le bord du lit et fondis en larmes. Il glissa alors sa main autour de ma taille, et doucement me fit allonger. J'apercevais son visage à travers mes larmes, tout proche du mien. Il paraissait encore plus difforme que d'ordinaire. Son souffle chaud, qui sentait le cigare, me soulcvait le cœur. Pourtant je m'abandonnai.

Alors qu'il me faisait l'amour, j'avais la sensation de toucher le fond, et cela me réjouissait. Je me découvrais amoureuse du mal comme je l'étais de la laideur, et je comprenais mieux maintenant pourquoi j'avais agi ainsi jusqu'ici. En fait, je trouvais une satisfaction sans cesse renouvelée à être mauvaise. J'avais découvert ma liberté, ma différence en quelque sorte, et j'y tenais. Ces forces qui me dépassaient, comme le disait Merlaud, étaient en moi !

Tandis que j'approchais de la jouissance, j'éprouvai soudain la certitude que je devais continuer mon travail de destruction à l'égard de Lucien. Certes c'était ma vengeance, mais aussi beaucoup plus que cela ! C'était me révéler à moi-même ! Lorsque Merlaud se répandit en moi je lui répétai à nouveau que je l'aimais. Non plus seulement comme un amant, pensai-je, mais comme un initiateur !

Longtemps nous demeurâmes soudés l'un à l'autre, en silence. Merlaud s'endormit. Je ne bougeai pas, et écrasée sous le poids de son corps, je me laissai aller au plaisir de me sentir pleine, habitée et aimée...

Lorsque ce fut l'heure je m'habillai rapidement.

« Tu as raison, lui dis-je, allons jusqu'au bout ! »

Un léger sourire éclaira son visage.

« Louise ? Pourrais-tu essayer de me trouver un indice de sa culpabilité ? Dans ses affaires il doit bien exister un document quelconque ou autre chose encore, qui nous éclairera ?

— Ne t'inquiète pas ! Je chercherai ! Toutefois je sais déjà qu'il a déposé tous ses papiers importants chez Louvois, dès la fin de la guerre... C'est lui-même qui me l'a confié !

— Fouille toujours ! On ne sait jamais ! Et appelle-moi vite ! »

Nous nous embrassâmes longuement et je m'en allai.

Je fis un détour par Avallon et y postai la lettre anonyme.

Celle-ci n'arriva que deux jours plus tard. Mélangée au reste du courrier, Lucien l'ouvrit sans méfiance. Je l'observais en essuyant la vaisselle. Il ne manifesta aucune émotion particulière, et la classa avec quelques autres. Julie, et Robert qui nettoyait les fusils n'avaient rien remarqué.

Je continuai mon travail en dissimulant ma déception. Je me sentis dépossédée de mon plaisir, et m'interrogeai. Comment Lucien pouvait-il garder son sang-froid alors que ces quelques mots devaient lui rappeler un passé douloureux ?

Il partit très vite à la mairie en prévenant qu'il ne rentrerait pas avant le dîner. Je décidai d'en profiter pour rechercher une preuve de sa collusion avec Louvois.

Afin de n'être pas surprise par Julie qui pouvait venir faire le ménage, je fermai la porte de notre chambre. Le secrétaire qui s'y trouvait était le seul endroit où pouvait être dissimulé un papier compromettant.

Je pris la clé sous la latte de parquet où Lucien la cachait, et j'ouvris le meuble. Je tremblais légèrement. En effet, en agissant ainsi, j'enfreignais un accord tacite entre nous selon lequel personne d'autre que lui ne pouvait y avoir accès. La tâche s'avérait difficile. Les documents y étaient méticuleusement rangés, et je ne savais pas ce que je cherchais. Je maniais chaque feuille avec précaution, en tâchant de la remettre rigoureusement à sa place. Ce n'étaient que bons de commande, factures, débits de caisse. Rien qui ne fût personnel ! Je finis mon investigation par un livre de comptes de l'année antérieure. Chaque page représentait une journée et était remplie d'additions. Je laissais filer les feuilles rapidement quand, entre deux d'entre elles, je remarquai une carte postale. Tandis que je la saisissais le cahier m'échappa des mains et tomba au sol. Je pestai contre ma maladresse, ne sachant plus où je devais la remettre.

Elle représentait la rue des Remparts à Avallon.

Un message laconique en caractères bâtons occupait tout l'espace destiné à la correspondance : « J'ai réfléchi. D'accord pour la moisson, ce soir... » Datée du mois de juin précédent, je ne pus déchiffrer ni le jour de l'envoi, ni sa provenance. Elle était adressée à Monsieur le maire de Saint-Germain.

Intriguée je demeurai un long moment à m'interroger dans le silence de la chambre. Que signifiait ce message ? Qui avait pu l'envoyer à Lucien ? Pour quelle raison ? Et pourquoi à ce moment de l'année ? N'imaginant pas de réponses satisfaisantes je tâchai de retrouver l'endroit précis où j'avais trouvé la carte, mais toutes les pages se ressemblaient... Finalement, je la glissai au hasard entre deux du mois de juin, et remis le livre en place.

J'étais tellement troublée que j'interrompis immédiatement mes recherches et retournai à la cuisine. Je me sentais coincée. Je ne pouvais évidemment pas interroger Lucien qui se fâcherait de mon indiscrétion, et je ne disposais d'aucun autre moyen de découvrir qui était l'expéditeur de ce message sibyllin. Je n'avais qu'une certitude : ce dernier n'avait aucun rapport avec l'affaire qui intéressait Merlaud.

Je retournai ces quelques mots dans ma tête toute la journée. J'écoutais à peine Julie qui plaignait sans cesse Lucien. Dame ! Il paraissait terriblement inquiet ! Ce n'était pas une vie ! Si cela continuait il n'aurait plus de santé !

Heureusement, en début d'après-midi, elle partit changer la litière des vaches et je pus respirer un peu. Cela ne dura pas. Enfermée entre les quatre murs de la cuisine et pratiquement ensorcelée par le texte de la carte, je m'énervais de plus en plus. Je pressentais qu'il dissimulait une vérité effrayante...

Lorsque les enfants revinrent de l'école, je prétextai un mal de tête et allai m'enfermer dans la chambre pour échapper à leurs bavardages. J'attendais surtout le retour de Lucien. Je voulais le forcer à évoquer la lettre anonyme, et lire sur son visage l'inquiétude qu'elle devait lui avoir inspirée ! Telle une compensation à la frustration que j'éprouvais en ce moment même.

Le dîner se déroula rapidement. Comme Lucien paraissait absorbé par ses soucis, personne n'osait parler. Il lâcha seulement au hasard d'une question que lui posait Robert qu'il avait démissionné de son poste d'administrateur à la Coopérative.

L'ouvrier, étonné, bougonna quelques mots que je ne compris pas, et Julie haussa les épaules :

« Dame ! dit-elle, avec le travail que vous avez ce n'est pas un mal ! Et puis vous serez plus souvent ici ! »

Lucien lui renvoya un sourire crispé qui dissimulait mal sa tristesse. Comment pouvait-il en être autrement ? Lui qui avait toujours désiré collectionner les postes se voyait contraint pour la première fois d'en abandonner un !

Quand nous fûmes dans la chambre il demeura assis au bord du lit avant de se déshabiller.

« A quoi penses-tu ? lui demandai-je.

— A quoi veux-tu que je pense ? répondit-il. Tout fout le camp doucement sans que je puisse faire quoi que ce soit ! C'est comme si je tentais de retenir de l'eau dans ma main ! »

Il fouilla alors dans sa poche et en sortit une enveloppe qu'il me tendit.

« Tiens ! Lis ! Encore une qui profite de la situation ! Elle a dû entendre dire en ville que j'avais eu une maîtresse et une fille ! Alors pourquoi pas elle ? Ou lui d'ailleurs ! Ce peut très bien être un homme qui l'ait écrite et... »

Je l'interrompis en affectant la colère :

« Et pourquoi ne m'en as-tu pas parlé ce matin ? »

Il éclata de rire puis se reprit.

« A quoi cela aurait-il servi ?

— Ce que je sais ! Au fait, as-tu averti les gendarmes ?

— Penses-tu ! Ils ont d'autres chats à fouetter !

— Eh bien tu as tort ! Ils pourraient faire une enquête ! »

Il passa son pyjama.

« Et pourquoi crois-tu donc que pendant quatre années des Français ont dénoncé leurs voisins ? dit-il, tout simplement parce qu'ils savaient pouvoir le faire sans être inquiétés ! C'est le procédé des lâches ! Aucun risque d'être pris ! »

Je me couchai à mon tour, agacée de devoir acquiescer à ses propos. Il ne manquait pas de toupet à moraliser ainsi, alors qu'il s'était conduit comme un salaud avec moi, et probablement avec l'un de ses camarades de combat en le dépouillant de ses biens.

« Il n'empêche, repris-je, tu ne vas pas te laisser détruire de cette façon sans rien faire ? Ce que tu m'énerves quand je te vois aussi défaitiste ! Tu as bien changé, Lucien, crois-moi ! En d'autres temps ça aurait autrement bardé ! »

Tournée de son côté, je l'observais. Allongé sur le dos, il tirait tranquillement sur sa cigarette. J'avais même l'impression qu'il souriait.

« Si les salauds qui s'acharnent sur moi savaient ce que je m'en balance ! lâcha-t-il soudain.

— C'est ça ! m'exclamai-je, fiche-toi de ta famille, de ton travail, de tout, quoi ! »

Je me retournai alors avec brusquerie, et éteignis la lampe de chevet. J'enrageais vraiment. Comment pouvait-il montrer autant de détachement pour tout ce qui l'avait fait avancer jusqu'ici ? Au point de ne plus se soucier des enfants ? Non ! Il s'agissait d'une façade ! Il se donnait du courage en prêchant la sérénité !

Il me serra tellement dans ses bras avant de s'endormir que j'attendis qu'il m'avouât sa peur... Mais je m'assoupis moi-même avant que cela ne se produisît !

8.

La fin du mois de janvier approchait et le froid cinglant interdisait d'être dehors trop longtemps. Julie et moi ne sortions guère que pour alimenter la basse-cour et les animaux. Les hommes n'allaient plus chasser. Le matin, tandis que Robert s'affairait ici et là à la ferme, Lucien accompagnait les enfants à l'école et disparaissait ensuite plus ou moins longtemps.

Un jour il disait aller à la mairie, un autre à la Coopérative ou à la Préfecture. Je n'en croyais pas un mot. Je connaissais suffisamment ses activités pour me douter qu'il occupait ses journées à tout autre chose. A rechercher son ancienne maîtresse par exemple ! A questionner les gens des environs pour retrouver sa trace ! Tout cela pour lui demander de se taire et d'élever sa fille dans l'ombre ! Peut-être même pour lui proposer quelques subsides réguliers ? L'imaginer en train de courir à droite et à gauche, tel un papillon de nuit affolé me réjouissait, et atténuait mon irritation de ne toujours pas comprendre le texte de la carte postale qui continuait à m'obséder…

En même temps je souffrais de ne pas pouvoir rencontrer Merlaud à ma guise. Le désir m'habitait comme une maladie incurable. Je m'éveillais et m'endormais avec ! Il m'arrivait même de divaguer à certains moments de la journée : nos corps s'unissaient, se défaisaient en une sarabande enragée. Nous communiions avec une sorte de ferveur maligne. Je me sentais alors prête à tous les excès.

Un matin, presque envoûtée par ces visions folles, je lui téléphonai.

« Je n'ai rien trouvé d'intéressant ! lui dis-je d'emblée.

— Bien dommage ! » répondit-il laconiquement.

Je le sentis déçu et commençai à m'inquiéter.

« Mais ce n'est pas grave ! On finira bien par dégoter quelque chose !

— Pour ça il faut continuer à chercher, Louise ! Tu as fouillé dans toutes ses affaires ?... Tu...

— Je t'assure que oui ! Je te répète que tout ce qui doit être important se trouve chez Louvois... Peut-être à la mairie ?

— Eh bien il faut que tu y ailles !

— C'est impossible ! répliquai-je, tu m'imagines en train de fouiner dans son bureau ? Je peux tomber sur n'importe qui. On peut me demander...

— Débrouille-toi, m'interrompit-il, il me faut quelque chose ! »

De chagrin, mais aussi d'agacement je commençai à pleurer silencieusement. Je souhaitais lui raccrocher au nez sans y parvenir. J'avais envie de lui. Son souffle dans le combiné me rappelait son visage et son corps tout près du mien. J'éprouvais cette envie stupide de tendre le bras comme si j'allais le toucher.

« Voyons-nous et discutons-en, proposai-je, peut-être pourrons-nous...

— Non, Louise ! Viens avec quelque chose ! Tu verras, ce sera beaucoup mieux ! Allez excuse-moi, le patron m'appelle ! »

J'allai protester mais déjà il avait raccroché.

« Salaud ! » criai-je à voix haute.

Je quittai le couloir en jurant qu'il me le paierait. Comment pouvait-il se conduire ainsi à mon égard ? Me traiter comme la dernière des catins ? Exiger de moi comme si j'eusse été à son service ?

Je fis plusieurs fois le tour de la ferme, arrêtant les pires résolutions. Je le quittais ! J'allais à *L'Echo* et je faisais un esclandre dans la salle de rédaction ! Je dénonçais ses visites chez la Jeanne ! Toutefois ma volonté déclina rapidement. Je savais bien que jamais je ne ferais tout cela ! J'avais Merlaud dans la peau et je devais m'y résoudre !

A cette époque les enfants commencèrent à être vraiment indisciplinés. Quand ils revenaient de l'école, ou durant les fins de semaine, ils disparaissaient à vélo durant des heures entières.

Bien qu'on le leur eût interdit ils empruntaient la route nationale et poussaient jusqu'à Pierre-Perthuis ou Quarré-les-Tombes selon leur inspiration. A plusieurs reprises je les menaçai de confisquer les bicyclettes mais comme Lucien ne m'appuyait pas ce n'était jamais suivi d'effet.

Un après-midi pourtant, alors qu'ils voulaient se rendre à Vézelay, je me mis en colère et ordonnai à Robert d'enchaîner les roues à la herse de l'entrée. La route pour s'y rendre était bien trop longue et dangereuse !

Dès qu'ils s'en aperçurent les gamins rappliquèrent dans la cuisine. Je m'y trouvais avec Julie en train de coudre. Gérard qui bombait le torse me fit face.

« Pourquoi tu as fait attacher les vélos ?

— Parce que je ne veux pas que vous rouliez sur la nationale !

— Mais pour aller à Vézelay nous pouvons prendre que des départementales !

— C'est non quand même ! répliquai-je excédée. Et maintenant allez jouer ailleurs ! Julie et moi avons à faire ! »

J'aperçus celle-ci qui leur adressait un signe d'impuissance, mais je fis mine de rien.

« Très bien ! » conclut Gérard.

Ils sortirent lentement pour manifester leur hostilité.

Durant un long moment je ne me souciai plus d'eux. J'étais rassurée. Certainement avaient-ils inventé un nouveau jeu et comme d'habitude nous les reverrions pour le goûter. A cinq heures pourtant, ne les voyant pas venir, je sortis sur le perron et les appelai. N'obtenant pas de réponse je fis alors quelques pas dans la cour. Les bicyclettes avaient disparu !

Folle de rage je m'approchai de la herse. La chaîne avait été forcée. Robert m'affirma qu'il n'y était pour rien. Probablement avaient-ils déniché dans l'atelier l'outil qu'il fallait pour venir à bout des maillons ? Malgré tout j'éclatai en colère et l'accusai de les avoir laissés faire. Avec Julie ils fermaient toujours les yeux sur leurs bêtises ! J'en avais assez ! Maintenant on ferait ce que j'avais décidé !

Robert n'avait pas bougé et me fixait avec une sorte d'indifférence amusée. J'allais m'en aller lorsqu'il me répondit :

« Vous savez, madame, ce n'est pas la peine de parler si fort ! J'ai des oreilles pour entendre ! Et puisque vous me dites votre avis je vais vous donner le mien à mon tour ! Et je me fiche bien des conséquences que ça pourra avoir !

— Au fait Robert ! lui lançai-je, irritée par tant de détours.

— J'y viens, madame ! Je veux seulement vous dire que si je suis encore ici c'est uniquement pour monsieur le maire. Sinon il y a belle lurette que j'aurais pris mes cliques et mes claques. Croyez-moi ! Et puis je préfère encore la compagnie des animaux à la vôtre ! Ils sont moins méchants ! Eux au moins ils ne pensent pas à faire du mal à tout le monde et...

— Ça suffit, Robert ! l'interrompis-je, et allez travailler !

— J'y vais, madame ! Mais voyez-vous je me sens beaucoup mieux maintenant ! »

D'un pas lent, il rejoignit alors l'étable. Je le regardai, essayant tant bien que mal de contenir ma fureur. Sa haine ne m'étonnait pas. Il n'était qu'une émanation de Lucien. Mais je me sentais désormais environnée de personnes hostiles et j'avais l'impression désagréable qu'elles s'entendaient derrière mon dos pour me faire souffrir, peut-être pour me rendre folle ! J'en étais même au point de me demander si je ne me trouvais pas en danger ?

En revenant à la cuisine j'aperçus Julie qui se retirait de la fenêtre. Je ne lui fis aucune réflexion. Cela n'avait plus aucune importance. Je savais déjà quels étaient ses sentiments à mon égard.

Deux heures plus tard il commença à faire sombre, et les enfants n'étaient toujours pas de retour. Cela ne leur ressemblait pas ! D'ordinaire, ils prenaient garde de rentrer avant la tombée de la nuit, leurs bicyclettes n'étant pas équipées de phares.

Même Robert et Julie commençaient à s'inquiéter.

« Sûr que l'un d'eux a crevé ! dit celle-ci, et ils rentrent à pied !

— Il faudrait peut-être se rendre au-devant d'eux en voiture ? suggéra l'autre.

— J'y ai pensé, répondis-je, mais allez savoir quel chemin ils ont emprunté ! »

Julie poussa Robert dehors en lui disant d'aller chercher Lucien à la mairie.

« Et reviens vite ! » cria-t-elle sur le pas de la porte alors qu'il avait déjà disparu dans l'obscurité.

Julie et moi nous assîmes et gardâmes le silence. Comme nous n'avions pas éclairé, la flamme de la cuisinière dispensait une faible lueur dans la pièce.

Malgré la pénombre je distinguais les yeux de la

vieille femme fixés sur moi. Elle semblait toujours me jeter un sort.

Robert et Lucien arrivèrent en courant.

« Bon dieu ! Mais que se passe-t-il ici ? s'exclama ce dernier en allumant, on se croirait en enfer !

— Les enfants ont disparu ! répondis-je.

— Je sais, Robert m'a expliqué ! J'ai déjà appelé les gendarmes. Ils m'ont assuré qu'ils commençaient les recherches tout de suite. »

Je proposai de prendre la 2 CV, de me rendre à Vézelay par la route normale, et d'en revenir par la départementale.

« Ça ne servirait à rien ! dit Lucien, mieux vaut attendre ici que la police nous prévienne ! »

Je retenais mes larmes. Chacun de nous guettait la sonnerie du téléphone. Même Grognard qui s'était glissé sous la table paraissait triste.

La camionnette de la gendarmerie entra dans la cour vers onze heures. Nous nous retrouvâmes tous les quatre dehors avant même qu'elle eût stoppé. Gérard et Colette en descendirent, l'air penaud. Je me précipitai pour les embrasser. Ils me rendirent mon baiser mais je les sentis indifférents. Tandis qu'un gendarme passait les vélos à Robert, le brigadier s'approcha et salua Lucien.

« Monsieur le maire ! Vos gosses devraient faire le tour de France ! On les a retrouvés à Fontette ! Une sacrée trotte ! »

Julie entraîna les enfants vers la cuisine. Dame ! Les pauvres étaient transis ! Elle allait leur faire quelque chose de chaud à manger !

Je demeurai auprès de Lucien et du gendarme. Ce dernier expliquait ce que Colette et Gérard lui avaient raconté lorsqu'il les avait arrêtés.

« Laissez-nous, qu'ils disaient, on veut partir ! On a le droit si on veut ! » Alors bien sûr je leur ai demandé pourquoi ! Ils m'ont répondu que leurs parents ne les aimaient plus ! Ah les gamins ! Je vous jure ! Tous les mêmes ! S'il fallait les écouter on deviendrait chèvre, tiens ! »

Lucien lui serra la main en le remerciant chaleureusement. Il voulut l'inviter à boire avec ses hommes mais il refusa. Ils étaient en service et ce n'était pas le travail qui manquait ! Il monta et passa la tête par la fenêtre.

« A votre disposition ! » lança-t-il à Lucien tandis que le véhicule démarrait.

Nous demeurâmes dans la cour à le regarder s'éloigner jusqu'à ce que la lueur bleue du gyrophare ne fût plus visible.

« Il vaudrait peut-être mieux ne pas faire de reproches aux petits ! proposa Lucien, ça n'arrangerait rien ! »

J'approuvai d'un hochement de tête et nous rejoignîmes les autres.

Le lendemain après le déjeuner, Robert et Lucien partirent à Auxon où nous possédions un entrepôt pour les machines-outils. Ils voulaient réviser celles-ci pour la prochaine saison. Le téléphone sonna juste après leur départ. Croyant qu'il s'agissait de Merlaud, je me précipitai pour décrocher.

En fait c'était Louvois qui s'annonça d'une voix inquiète.

« Oh ! Vous n'avez pas de chance ! répondis-je, Lucien vient juste de partir.

— Mais je me fiche de ce que fait Lucien ! dit-il, c'est vous que je veux voir ! »

Surprise par la violence du ton je demeurai sans voix. Il se calma.

« Pardonnez-moi, Louise ! Je suis un peu énervé. Pourrions-nous nous rencontrer le plus tôt possible ?

— Bien sûr, Louvois... Mais...

— Ne soyez pas méfiante, Louise ! C'est important ! »

Nous convînmes d'un rendez-vous à cinq heures à son étude, et perplexe, je raccrochai.

A plusieurs reprises et de manière détournée Julie tenta de savoir qui avait appelé. Je me gardai bien de le lui révéler. C'était uniquement pour l'agacer, dans la mesure où Louvois ne m'avait pas recommandé une discrétion particulière.

Ce fut lui-même qui m'ouvrit. Sa demeure, rue Fontaine-Neuve, figurait parmi les plus belles d'Avallon. A chaque fois que j'y pénétrais j'étais saisie d'un sentiment de respect imbécile mais spontané. J'avais beau m'en défendre, l'argent exerçait sur moi une forte fascination.

Il me tira presque à l'intérieur de la maison en jetant un regard apeuré vers la rue comme s'il craignait qu'on nous surprît ensemble. Il referma la porte de son bureau derrière nous et nous nous assîmes dans un canapé de cuir face à la cheminée.

« Excusez-moi de vous avoir dérangée, commença-t-il d'un ton de conspirateur, mais voilà, j'ai l'impression que ça va de mal en pis pour Lucien !

— Pour lui seulement ? demandai-je d'un air faussement naïf.

— En tout cas, plus pour lui que pour moi ! Mais peu importe ! Je suis d'autant plus inquiet qu'il ne semble pas s'apercevoir de la gravité de la situation... »

Je l'écoutais sans le regarder. Le mobilier de la pièce, lourd et prétentieux, lui ressemblait bien. Partout ce n'étaient que photos, trophées ou médailles destinés à le mettre en valeur, ou des objets précieux qui dénonçaient sa fortune.

« Eh bien, vous ne l'avez donc pas mis en garde ? m'étonnai-je.

— Mais si ! répliqua vivement Louvois, à plusieurs reprises même ! Seulement c'est une tête de mule ! Au point qu'hier il s'est même fâché et m'a envoyé paître !

— Et alors, qu'y puis-je ?

— Mais, Louise, il faut lui dire de se défendre ! De produire des preuves de son innocence dans les affaires de la Garancière et de la Générale Céréalière ! »

Il se leva et me proposa quelque chose à boire. Je refusai et le questionnai sèchement :

« Croyez-vous que ce soit réellement l'essentiel de vos préoccupations, Louvois ? Vous savez, il m'arrive de parler avec Lucien... Ne seriez-vous pas plutôt effrayé des révélations que *L'Echo* pourrait faire à propos de certains épisodes de la Résistance ? »

Il se versa un verre et se retourna. Il éprouvait de la difficulté à dissimuler son trouble.

« Evidemment, il y a ça aussi... reconnut-il.

— Auriez-vous donc quelque chose à craindre ? D'après Lucien vous êtes tous les deux irréprochables ! »

Il ne répondit pas. Je gardai le silence. Avec un peu de patience, pensai-je, peut-être réussirai-je à apprendre un détail ou un autre qui servirait à Merlaud ?

« Louise, murmura-t-il enfin, on a toujours à craindre des envieux ! Déjà pendant la guerre... »

Il déplia sa pochette et tamponna son front où perlaient quelques gouttes de sueur.

« Que voulez-vous dire, Louvois ?

— Je veux dire, s'exclama-t-il, qu'on nous en veut ! Qu'on est prêt à déterrer n'importe quelle histoire pour nous porter préjudice ! Je suis certain d'ailleurs que ce Merlaud tient la plume pour d'autres ! Des adversaires politiques, des jaloux, que sais-je ? En tout cas des lâches qui avancent à visage couvert ! »

Il récupéra son souffle et reprit :

« Mais pourquoi diable maintenant ! Pourquoi ? Vous avez une idée, Louise ? »

Je secouai la tête. En fait j'avais l'esprit ailleurs. Je me demandais, en voyant l'angoisse de Louvois, comment Lucien pouvait afficher une telle sérénité avec tout le monde ?

Le notaire continuait à essuyer son visage secoué par des tics nerveux. Il suintait littéralement la peur. J'éprouvai furtivement une réelle compassion pour cet homme, dont la vie aurait pu se dérouler sans histoire jusqu'à la fin.

Je me redressai, prête à partir.

« Vous savez, Louvois, je ne cesse de répéter à Lucien de se défendre ! D'attaquer même ! De mobiliser ses amis politiques ! Ce sont d'ailleurs les mêmes que les vôtres ! Pourquoi n'agissent-ils pas auprès d'Hubert ?

— Je n'en sais rien ! Je n'en sais rien ! répéta-t-il d'un air affolé. Tout ça ressemble à une mise à mort concertée ! »

Je me levai tout engourdie par la chaleur que dégageait la flambée. Je serrai sa main moite.

« Au fait, vous ne connaissez pas Merlaud par hasard ? » me demanda-t-il alors que je me trouvais sur le pas de la porte. Je tressaillis. Comme pour me protéger du froid je dissimulai une partie de mon visage derrière mon écharpe.

« Merlaud ? Pensez-vous ! Bien sûr nous étions en classe ensemble, mais depuis…

— Ah bon ? s'étonna Louvois, je croyais… »

Il referma aussitôt la lourde porte dans mon dos. J'étais heureuse de respirer l'air froid de la nuit. Encore un peu et il serait parvenu à me communiquer son angoisse !

Pendant le retour à la ferme je m'interrogeai sur le sens de sa dernière question. Je finis par considérer qu'il n'y avait là aucune malice de sa part. Sans doute espérait-il, au cas où j'eusse connu Merlaud, que j'intervinsse auprès de lui pour le dissuader d'écrire de nouveaux articles. Je trouvai cela plutôt cocasse et je ne m'en souciai plus.

Le lendemain je m'éveillai péniblement. J'étais rompue. Toute la nuit j'avais été remuée par des cauchemars violents. Merlaud y avait la tête de Louvois. J'avais peur et j'avouais tout à Julie qui ricanait avec une face de chat...

En même temps j'étais l'objet d'envies violentes et contradictoires : nuire encore plus à Lucien à cause de la couardise de Louvois qui m'avait dégoûtée, rédiger une nouvelle lettre anonyme, mais aussi rejoindre Merlaud...

Au début de la matinée j'envisageai d'attendre plusieurs jours avant de réaliser tout cela. Mais mon désir de nuire était irrépressible et quelques heures plus tard je décidai d'agir tout de suite.

J'abandonnai Julie au milieu du repassage en prétextant des achats à faire à Avallon. Elle ne parut pas suspicieuse et me demanda de ramener du sucre. J'allai me changer. J'en profitai pour mettre dans mon sac un vieux journal destiné au feu ainsi que le matériel nécessaire à la rédaction de la lettre puis je téléphonai à *L'Echo*.

Merlaud voulut raccrocher dès qu'il reconnut ma voix.

« Ne fais pas ça ! criai-je, ce serait une bêtise ! Je suis capable de venir te chercher au journal ! Je te préviens !

— Que veux-tu ? demanda-t-il d'un ton las.

— Te voir... Aujourd'hui ! Le plus vite possible ! A cinq heures tiens ! Où tu le souhaiteras !

— Mais enfin, Louise, à cette heure-là je travaille ! On…

— J'ai rencontré Louvois… » l'interrompis-je d'un ton plein de sous-entendus.

Il hésita un instant et reprit :

« D'accord ! Mais pas comme d'habitude… Je n'ai pas prévenu !

— Ça n'a pas d'importance ! Retrouvons-nous au même endroit que la première fois ! Tu vois le…

— Oui ! Oui ! » me coupa-t-il.

Il raccrocha. J'étais satisfaite et pris la route d'Avallon en chantonnant.

Je pénétrai dans la forêt entre Saint-Germain et Avallon, et m'arrêtai au bout de quelques centaines de mètres à l'abri d'automobilistes qui auraient pu me reconnaître. Tranquillement je découpai et collai les lettres pour former la phrase qui avait germé dans mon esprit au cours de l'après-midi : « Tu vas regretter de nous avoir abandonnées… Ta maîtresse et ta fille oubliées. »

Cette fois-ci les mots feraient plus de mal à Lucien. La menace se préciserait et il ne pourrait plus afficher ce calme qui m'horripilait… Au contraire il allait commencer à se débattre avec ses souvenirs, à vouloir échapper à la triste image de lui-même que son passé lui renvoyait.

Je repris mon chemin vers Avallon et y fis mes courses. J'entrai ensuite au bureau de poste et mis la lettre à la boîte. L'affluence était telle que personne ne me remarqua.

J'avais une demi-heure d'avance quand j'arrivai au carrefour des quatre routes. J'ouvris la vitre de la voiture malgré le froid. Je me pelotonnai dans mon manteau et appuyai ma tête sur le dossier du siège.

J'apercevais quelques branches d'arbres dénudées qui se balançaient sous le vent. La lumière grise du ciel donnait au lieu un air de fin du monde. Seule l'odeur un peu amère de l'humus évoquait encore la vie.

Cette atmosphère de mort et de décomposition me rappela Germaine. Je m'en sentais plus orpheline que de mes parents. J'étais comme amputée...

Nous aimions nous réfugier dans la forêt proche de la ferme, surtout quand nous étions encore trop jeunes pour aider notre mère. Souvent elle nous laissait filer après nous avoir glissé du pain et du chocolat dans un sac où nous mettions tous nos trésors. Des bouts de bois aux formes bizarres, une poupée en chiffon, un dé à coudre...

C'était l'époque où nous construisions une cabane à la lisière du bois, véritable frontière au-delà de laquelle nous abordions un autre monde. La vie nous y paraissait différente. Les bruits y étaient toujours bizarres, parfois effrayants. Nous supposions la présence de quantités d'oiseaux sans en voir jamais aucun... Et là, réfugiées derrière nos vagues barricades de branchages, nous nous inventions des rites. Il fallait tirer la porte sur nous, ne pas abîmer le tapis de feuilles, et surtout nous taire à la moindre alerte...

Soudain j'aperçus le véhicule de Merlaud qui grossissait dans le rétroviseur. Je me redressai, prête à sortir. Il se gara et coupa le moteur. Je courus le rejoindre et aussitôt me jetai dans ses bras. Il opposa d'abord une légère résistance puis s'abandonna.

C'était la première fois que je faisais l'amour dans une voiture. Je trouvai cela très inconfortable et excitant. Le dos cassé sur un siège mal incliné, à m'accrocher aux poignées des portières, j'encourageais Merlaud soudain déchaîné. La voiture tanguait. Les grincements des ressorts malmenés se mêlaient aux couinements des amortisseurs. Au début les odeurs mélangées de cigare froid, de chien mouillé et d'essence m'avaient soulevé le cœur, mais j'avais fini par m'y habituer et même y prendre plaisir.

Après une dernière étreinte violente, presque brutale, Merlaud s'effondra à mes côtés, hors d'haleine. Il souriait, les yeux fermés, et je le trouvai séduisant.

Je me sentis soudain l'âme d'une midinette de roman-photo. Je voulais ignorer un temps la laideur de cet intérieur de voiture et entendre parler d'amour. Une seule fois, le plus bêtement du monde !

« Merlaud, appelai-je doucement, tu es beau quand tu dors !

— Je ne dors pas...

— Ça n'a aucune importance, tu es beau quand même... »

Il releva la tête et l'appuya sur son coude.

« Arrête tes conneries, Louise. Je suis loin d'être beau au-dedans comme au-dehors... Comme toi ! Sauf que tu fais plus illusion par le physique. »

Il éclata de rire et s'assit. Le visage contre la vitre, il regardait au-dehors.

« Nous sommes deux beaux salauds et tu le sais ! reprit-il, en tout cas, pas les personnages d'une belle histoire d'amour. Ce qui nous tient n'a rien à voir avec le sentiment, mais avec la vengeance. Toi, parce que ton mari ne t'a pas aimée, et moi parce que je suis laid et médiocre. Nous sommes ensemble uniquement parce que nos intérêts sont identiques et surtout parce que nous avons choisi la même victime ! C'est elle notre meilleur ciment ! D'ailleurs pour être cynique jusqu'au bout si nous voulons rester liés il faut que Nogaret vive... »

Ses propos m'avaient choquée mais je ne réagis pas. Il avait raison.

« Tu veux probablement que je te parle de Louvois ? » lui demandai-je.

Il acquiesça d'un hochement de tête.

Je lui contai alors l'entretien que j'avais eu avec lui. Même s'il ne m'avait livré aucun renseignement directement exploitable, Merlaud pouvait être certain qu'il existait anguille sous roche. Le notaire m'avait paru bien trop paniqué pour qu'il n'eût rien à se reprocher ! J'en profitai pour lui demander son avis à propos du calme qu'affichait Lucien.

« D'une certaine manière je l'admire, répondit Merlaud, sans doute sait-il qu'il est fini, mais il disparaîtra de la vie publique avec dignité... »

Je me rhabillai.

« Le bourreau commencerait-il à écouter sa victime ? ironisai-je.

— De toute manière, quoi qu'il arrive, il l'entend toujours jusqu'au bout ! »

Nous descendîmes de la voiture. J'étais transie de froid. Merlaud me passa sa veste. J'y vis un geste de tendresse et m'emmitouflai dedans avec plaisir.

« Ne te méprends pas, dit-il en ricanant, je ne fais que protéger ma complice contre une bonne grippe ! »

Nous commençâmes à marcher un moment l'un à côté de l'autre sur le chemin forestier. Merlaud avait peut-être raison ? Nous devions être trois, Lucien se tenant entre nous ? Je lui parlai du texte étrange de la carte postale, trouvée dans le livre de comptes. Il n'y vit pas un sens particulier. Probablement s'agissait-il de la réponse positive d'un agriculteur du coin avec lequel Lucien se serait entendu pour moissonner un soir ? Après tout c'était assez courant, surtout quand il fallait se dépêcher de rentrer le blé de peur qu'un orage ne détruisît toute la récolte. Bien sûr elle n'était signée que d'une croix ! Et alors ? Celui-là ne voulait pas qu'on sût qu'il écrivait au maire... Peut-être parce qu'il était connu pour penser différemment de lui ? J'acceptai l'explication sans être véritablement convaincue, et nous regagnâmes nos véhicules.

Avant de nous séparer, Merlaud m'avertit que le prochain article sortirait dans les jours qui venaient. Certes il lui manquait quelques preuves pour étayer sa thèse, mais qu'à cela ne tienne, il écrirait tout au conditionnel ! Il me demanda de lui téléphoner lorsque le papier serait publié. Alors nous nous reverrions et je lui raconterais la réaction de Lucien.

Je regardai sa voiture s'éloigner. Il avait raison.

Nous étions complices, et ce qui nous réunissait valait bien tous les liens sacrés du mariage !

A cette époque, Lucien se métamorphosa en une sorte de fantôme triste et lointain, qui apparaissait et disparaissait sans qu'on s'y attendît. Il errait de plus en plus souvent dans l'enceinte de la ferme, à ne rien faire. On le voyait s'absorber de longs moments dans l'observation des animaux ou des choses, sans qu'on sût au juste ce qui l'intéressait. Peut-être parce que son regard paraissait plutôt dirigé sur lui-même que sur l'extérieur.

Si sa souffrance désormais apparente me comblait, elle attristait Julie et Robert qui ne savaient plus comment lui faire plaisir. Parfois ce dernier parvenait encore à l'entraîner à la chasse, mais c'était rare, et Julie se dépensait aux fourneaux pour lui procurer quelque joie.

Moi-même je discutais de temps en temps avec lui en tentant de lui communiquer du courage. Toutefois par une sorte d'accord tacite nous n'évoquions plus les ragots qu'on nous rapportait. Il ne voulait plus se sentir concerné par eux, et pour bien signifier que sa décision était irrévocable il n'ouvrait plus le journal ni le courrier.

Certains jours il partait sans qu'on sût où il allait. Des voisins nous rapportaient plus tard l'avoir aperçu vadrouillant dans la campagne, d'autres en train de boire un coup chez Clovis. Je ne lui posais aucune question. J'imaginais qu'ainsi il devait essayer de se libérer de ses remords et je n'éprouvais aucune compassion à son égard.

En fait sa seule joie consistait à accompagner notre fils jusqu'à sa cabane et à y demeurer avec lui. Intriguée, j'avais plusieurs fois questionné Gérard pour savoir ce qu'il y faisait avec son père.

« Rien de particulier, m'avait-il répondu, il joue avec moi... »

Et quand je lui demandais comment allait Lucien il m'assurait, l'air surpris, qu'il se portait très bien ! Il riait même tout le temps avec lui !

L'après-midi, Lucien se rendait parfois à la mairie mais avec un manque d'enthousiasme évident. Il y allait comme le cheval retourne à l'écurie, par la force de l'habitude acquise depuis quinze années. Il ne nous racontait plus jamais ce qu'il y faisait, ni les empoignades de plus en plus violentes qui avaient lieu lors des séances du Conseil municipal, et dont les échos nous revenaient par l'un ou par l'autre.

Cela manquait à Julie, qui n'avait plus de quoi alimenter sa verve caustique à l'égard de « ces gaillards qu'elle avait tous bien connus ». Parfois n'y tenant plus elle interrogeait encore Lucien. Mais invariablement celui-ci répondait par un grognement et elle n'insistait plus.

A cette époque Colette vaguait elle aussi, comme une âme en peine, dans tous les coins de la ferme. Son père et Gérard « faisaient bande à part » comme elle disait et elle me vouait toujours la même hostilité. Alors, le plus souvent elle se réfugiait dans les jupes de Julie qui lui apprenait ses « trucs » pour plus tard !

« Tu verras, lui disait-elle, tu en auras besoin lorsque tu auras trouvé chaussure à ton pied ! »

A quelques détails on pouvait s'apercevoir que

l'entretien des bâtiments et des animaux commençait à aller à vau-l'eau et qu'il ne faudrait pas longtemps avant que la ferme ne devînt un véritable capharnaüm. Cependant, je m'en fichais comme d'une guigne. Ce patrimoine n'était pas le mien, ces murs ne recelaient aucun souvenir auquel je tinsse vraiment, et ceux qui habitaient ici me haïssaient tous plus ou moins.

Moi-même je me relâchais dans mon travail et prenais plus de plaisir à rêvasser d'une autre vie ou à traîner parfois chez Clovis.

Quelque temps après ma dernière rencontre avec Merlaud, j'y allai prendre un café. Dès que j'entrai dans la salle les voix s'atténuèrent. Certains clients me saluèrent puis les conversations reprirent de plus belle, probablement alimentées par le fait que la femme du maire venait boire un coup ! Je surpris même dans quelques regards une lueur de déception lorsque Clovis m'apporta ma tasse. Dame ! Cela ne devait pas être encore dramatique puisqu'elle ne buvait pas d'alcool ! Clovis vint se caler à l'extrémité du comptoir où je me trouvais, pour pouvoir me parler sans qu'on l'entendît.

« Comment va Lucien ? me demanda-t-il.

— Comme ci, comme ça ! répondis-je.

— Oui ! Eh bien moi je crois qu'il va plutôt mal ! La dernière séance du Conseil a été une catastrophe ! Tu sais il accumule de nouvelles bourdes ! Bon dieu, à penser qu'il déraille ! Charlieux s'en donne à cœur joie et j'en connais déjà qui s'apprêtent à retourner leur veste. Je te dis qu'on va perdre la majorité ! Tu vas voir ! »

Il s'arrêta, le visage rubicond, et toujours inquiet qu'un consommateur pût surprendre ce qu'il disait.

« Que veux-tu que j'y fasse, Clovis ? Tu sais bien que la politique et moi ça fait deux !

— Toi tu ne peux probablement rien y faire, mais lui si ! Qu'il démissionne je te dis ! Comme ça on lui foutra peut-être la paix et nous pourrons reprendre les gars en mains. Tu comprends ?

— Evidemment que je comprends ! Mais tu n'as qu'à le lui suggérer ! Tu ne penses tout de même pas que je vais le faire à ta place ! Je suis là pour le soutenir moi ! Pas pour l'enfoncer !

— Si tu crois que c'est facile ! Il semble toujours ailleurs, presque indifférent ! Tu l'informes d'un problème et il répond toujours que ce n'est pas grave, qu'on a bien le temps de s'en occuper. Moi, je te le répète, il faut qu'il démissionne ! »

Comme j'en avais assez de le voir insister avec aussi peu de tact, je finis rapidement mon café et m'en allai. Julie avait raison, les rats commençaient à quitter le navire. Mais j'en étais satisfaite. L'hallali était lancé. Quand Lucien aurait perdu la mairie il serait un homme fini.

A mon retour le téléphone sonna. C'était à nouveau Louvois qui désirait parler à Lucien. Je lui annonçai qu'il n'était pas là. Il s'énerva.

« Ecoutez Louise ! Il faut absolument que je lui dise un mot !

— Eh bien rappelez ! répliquai-je agacée.

— Allons ! Vous savez bien qu'il ne fera rien si vous ne lui conseillez pas !

— Il est dans un état où les conseils ne servent plus à grand-chose, Louvois !

— Bon ! Bon ! Alors écoutez-moi ! Dans le fond c'est peut-être mieux qu'on en parle ensemble ! En ville on raconte qu'il aurait eu une maîtresse et une fille adultérine ! Vous vous rendez compte ! Vous êtes au courant ?

— Oui ! Il reçoit même des lettres anonymes à ce sujet !

— C'est incroyable ! s'exclama-t-il la voix chevrotante, mais jusqu'où ça va-t-il aller ? »

Je supposai qu'il épongeait son front luisant de sueur et j'eus envie de rire. Il s'éclaircit la gorge.

« Ne m'en voulez pas, Louise, si je vous pose une question, un peu choquante je l'avoue... Mais voyez-vous j'ai besoin d'en savoir la réponse pour prendre les initiatives qui conviennent. Est-ce qu'il y a du vrai dans ces affirmations ? »

Je gardai le silence. Je voulais qu'il me crût offusquée, ce que j'aurais normalement dû être, puis je lui répondis d'une voix glacée :

« Louvois ! Vous ne me connaissez guère, me semble-t-il ! Je suis sa femme depuis quinze ans ! Croyez-vous que je vous le dirais même si c'était vrai ? Mais l'essentiel n'est pas là. Je crois que vous êtes parmi les plus anciens camarades de Lucien, n'est-ce pas ? Et vous doutez de son honnêteté ?

— Je... Je... »

Louvois, conscient de sa bévue, tentait de reprendre la parole mais je ne lui en laissai pas le loisir. Pleine de mon rôle d'épouse fidèle, j'en profitai pour lui dire son fait, ce que je souhaitais depuis longtemps déjà.

« Vous me décevez ! Je croyais que c'était dans les épreuves qu'on reconnaissait ses amis ! Eh bien nous sommes servis ! Je vous rappellerai tout de même que si l'on doute de Lucien on doute également de vous ! Quoi qu'il en soit je me souviendrai de votre attitude lorsque tout sera terminé ! Croyez-moi ! J'aurai la délicatesse de ne pas évoquer notre conversation à Lucien en ce moment. Mais il saura un jour quel personnage vous êtes !

— Allons Louise ! Ne vous méprenez pas ! Je n'ai pas voulu dire ce que vous croyez ! Bien sûr que Lucien est mon ami ! C'est pour ça d'ailleurs que je veux démêler le vrai du faux pour mieux défendre sa cause quand on l'attaque...

— J'espère, Louvois ! »

Je raccrochai, fière de moi. Je venais d'administrer à bon compte une leçon au notaire, en même temps que j'apparaissais comme l'épouse la plus dévouée qui fût ! Cette duplicité me plaisait. Elle m'occasionnait des sensations de plaisir que je n'avais jamais éprouvées, et surtout elle me donnait l'impression de pouvoir désormais décider du jeu et de sa fin comme je le désirais.

La seconde lettre anonyme arriva le surlendemain. Comme tous les matins Lucien repoussa le courrier et il n'y prit pas garde. Par contre, il guetta dans l'attitude de Robert qui parcourait le journal un signe dénonçant l'existence d'un nouvel article. Lorsque ce dernier releva ses yeux tristes il comprit que c'était le cas et lui demanda de le lui lire.

A lui seul, le titre annonçait la violence du

contenu : « La Résistance : des héros et des profiteurs. » En introduction Merlaud s'attardait sur l'épisode de la dénonciation du « Chat ». Il la présentait comme une délation ordinaire à l'image de celles d'une grande majorité de Français, lâches et envieux. Et si l'on ignorait encore par qui « le Chat » avait été donné, on savait au moins que c'était motivé par la jalousie qu'inspirait sa fortune. Or celle-ci avait disparu et c'était ce point précis qui justifiait le reportage.

Peu de temps avant la guerre, écrivait Merlaud, « le Chat » avait converti une grande partie de ses avoirs en lingots d'or. C'était confirmé par de multiples témoignages irréfutables qu'il énumérait. Aussitôt après, « le Chat » les avait entreposés dans sa propriété qui bordait l'étang du Crescent, en un lieu connu de lui seul. Or après son arrestation une enquête administrative diligentée par les occupants avait conclu que cette rumeur n'était pas fondée. Certes, on avait bien retrouvé une cache vide, percée dans le prolongement de sa cave. Mais rien n'était venu confirmer qu'un jour elle avait recelé des lingots. Depuis on possédait la preuve que les Allemands ignoraient l'existence de cet or au moment de l'interpellation et n'avaient donc rien emporté. Il restait à envisager d'autres hypothèses, dont celle-ci qui paraissait la plus fondée : les voleurs étaient des proches de la victime au moment des faits. Et qui l'étaient le plus à cette époque sinon certains de ses camarades résistants ?

Suivaient alors la liste et le curriculum vitae des

plus connus, et les possibilités qu'ils avaient eues d'accomplir le forfait.

Et bien sûr, Merlaud désignait plutôt Lucien et Louvois comme les coupables.

Par prudence probablement, il concluait en se disant serein au sujet de ces deux hommes. Certainement l'un et l'autre ne tarderaient pas à expliquer la provenance de leur propre fortune. Alors il reconnaîtrait bien volontiers s'être trompé et orienterait ses recherches ailleurs.

La lecture terminée, nous conservâmes tous le silence. Lucien nous renvoya un pâle sourire.

« Je crois bien que cette fois-ci je vais devoir démissionner ! dit-il sourdement.

— Mais tu n'y penses pas ! » m'exclamai-je, aussitôt soutenue par Julie.

Il nous fit taire d'un geste de la main et demanda à Robert de le suivre.

« Venez ! On va relever les collets ! »

Julie et moi nous tûmes durant un long moment après leur départ. Une fois je la regardai furtivement. Elle tamponnait ses yeux avec un pan de son tablier. Je trouvai cela ridicule. J'allai sortir lorsqu'elle me tendit le courrier.

« Vous ne l'ouvrez donc pas ce matin ? »

Je tâchai de réprimer la rougeur qui me montait au front et saisis les lettres avec brusquerie.

« Si ! Si ! Je verrai ça un peu plus tard ! » affirmai-je en m'en allant.

Les comportements de Julie et Robert changèrent radicalement après qu'il fut acquis que Lucien démissionnerait. Pour l'une c'était rompre avec la tradition, le père Nogaret ayant toujours rêvé la mairie puis la députation pour son fils, et pour l'autre c'était supprimer la solennité des rapports qu'il entretenait avec son maître.

Comme s'ils voulaient préserver l'essentiel c'est-à-dire la personne même de Lucien, ils se tenaient désormais auprès de lui comme j'imaginais la vieille garde autour de l'Empereur à Waterloo. Il ne pouvait aller ici ou là, faire telle ou telle chose sans que l'un ou l'autre fût à ses côtés.

Les enfants, par un mimétisme qui ne me faisait pas souffrir, mais que je trouvais quand même irritant, jouaient toujours à proximité de l'endroit où il évoluait.

Certes j'aurais pu m'associer à ce mouvement mais je ne le fis pas. Par lassitude à devoir encore simuler, ou bien à cause du poids de la fatalité qui voulait qu'une fois pour toutes les choses fussent claires ? Je ne savais pas et je m'en fichais. Je souhaitais jouir désormais de la déchéance de Lucien comme cela avait dû être son cas durant des années à mon propos. Tant pis si je devais construire mon bonheur et mes joies à son détriment ! Tant pis si je risquais de perdre l'amour de mes enfants et la considération d'un vieux personnel qui ne m'avait jamais vraiment respectée ! Je ne regrettais rien ! J'avais découvert ma vraie personnalité et en même temps je connaissais un amour, certes pervers mais exaltant !

Deux jours plus tard, je profitai d'un moment de tranquillité pour appeler Merlaud. Je tenais absolument à le féliciter pour l'article, mais surtout je voulais le revoir le plus vite possible. Je me sentais prête à lui parler des heures et des heures, à lui confier qui j'étais, pourquoi je l'étais. Une autre manière de lui dire que je l'aimais…

Il accepta qu'on se vît le lendemain en début d'après-midi chez la Jeanne. Je savais que son accord tenait en grande partie au plaisir qu'il éprouverait à m'entendre parler de l'impact de son papier sur le moral de Lucien, mais cela m'était égal. Une nouvelle fois il allait me serrer dans ses bras, m'aimer à sa manière, m'écouter.

Comme Lucien et Robert étaient partis, et les enfants à l'école, Julie et moi avalâmes un morceau de fromage en guise de déjeuner. Je n'avais pas faim et comptais les minutes qui me séparaient de Merlaud.

J'allais partir quand Julie, qui était demeurée silencieuse jusqu'ici, me demanda soudain si elle pouvait me parler. J'acceptai, bien que ce contretemps me contrariât.

« Vous savez, madame, je crois que monsieur ne va pas du tout !

— Je sais, lui répondis-je avec vivacité, mais ça va finir par se tasser et… »

Elle secoua la tête.

« Vous n'entendez pas ce que je veux dire ! Monsieur Lucien perd les pédales ! Je le vois dans ses yeux, croyez-moi ! C'est comme s'il ne vivait plus ! J'ai déjà vu ça chez d'autres ! Ça annonce du mauvais ! »

Je haussai les épaules, et m'approchai de la porte, prête à sortir.

« Allons Julie ! Lucien est serein ! Je peux vous l'affirmer ! Il va laisser passer l'orage et ensuite il reprendra les rênes !

— Que Dieu vous entende ! bougonna-t-elle, que Dieu vous entende ! Mais moi je suis certaine qu'il est temps de lui tendre la main...

— On en reparlera ! » lui assurai-je en sortant.

Je courus à la voiture. J'étais furieuse ! Cette gourde m'avait fait perdre quelques minutes précieuses ! Je démarrai à vive allure.

Quand je pénétrai dans la chambre je pressentis immédiatement que Merlaud était différent des autres fois. A son regard que je trouvai plus éteint, mais aussi parce qu'il ne s'était pas dévêtu en m'attendant.

Je commençai à l'embrasser mais au contact de ses lèvres crispées, je compris qu'il n'en avait pas envie.

« Qu'est-ce qu'il y a, demandai-je, tu n'as pas l'air bien ?

— Si ! Si ! Ça va ! » répondit-il sans conviction.

Je m'assis sur le bord du lit et détaillai le décor de la pièce comme je le faisais à chacune de nos rencontres. Une sorte de rituel qui accompagnait nos gestes d'amour. Cette fois-ci tout m'apparaissait terne et étouffant. J'éprouvai même la désagréable sensation d'être une prostituée en attente d'un client. Je frissonnai de dégoût et n'osai plus tourner la tête vers Merlaud de crainte de me retrouver avec « le crapaud ».

« Alors ton mari ? »

Il laissa la question en suspens. Je le regardai. Il souriait et je me détendis. J'avais dû me tromper sur son humeur !

Je commençai à lui raconter la souffrance de Lucien en écoutant Robert lui lire l'article, puis sa fuite silencieuse.

« D'ailleurs en ce moment, conclus-je, il est certainement en train de présenter sa démission ! En tout cas ce n'est plus qu'une question d'heures ! »

Au fil de mon récit le sourire de Merlaud s'était élargi jusqu'à se transformer en un rire sonore.

« Enfin, je l'ai eu ! dit-il après s'être calmé, je l'ai eu ! »

Il alluma un cigare sur lequel il tira quelques bouffées avec délectation. Pour la première fois ses paupières s'entrouvraient presque normalement au point qu'il semblait contempler un trésor.

« C'est tellement important pour toi ? demandai-je.

— Si c'est important ? Bien sûr que ça l'est ! Je mesure enfin mon pouvoir ! Jusqu'ici je ne faisais que couvrir les comices agricoles ou les fêtes votives ! Aujourd'hui j'ai mouillé un maire, membre du Conseil général par-dessus le marché ! Tu te rends compte ? »

Je demeurai silencieuse. Merlaud me voyait-il seulement ? Tout à sa joie il n'esquissait aucun geste de tendresse à mon égard. Je me retrouvais seule tandis qu'il commençait à se perdre dans ses rêves de grandeur. Je me rebellai à cette idée.

« Merlaud ! Je te rappellerai que nous avons été deux pour ça ! » lançai-je d'un ton cinglant.

Il parut abandonner son délire à regret. Il sauta sur ses courtes jambes et vint s'asseoir à mes côtés.

« Allons Louise, ne te fâche pas ! Je sais ce que je te dois et je ne l'oublie pas ! Mais toi aussi tu devrais te réjouir ! Voici ta vengeance accomplie et tu te retrouves plus libre ! Désormais Nogaret va venir te manger dans la main ! »

Il ricana pour m'encourager à rire et commença de me caresser doucement les seins. Je le laissai faire, envahie par un sentiment de dégoût et de plaisir mélangés.

Les mains crispées sur ses fesses, je l'encourageais à cogner toujours plus fort contre mon ventre. Brusquement je repensai à une réflexion que Julie avait faite un jour à propos de Clovis : « Il doit faire l'amour triste, celui-là. » Ces quelques mots me parurent illustrer parfaitement le moment que je vivais. Et cela, même si je sentais mon corps frissonner de désir, et si je me collais le plus possible contre la peau de Merlaud ! En fait Lucien demeurait entre nous ! Un court instant j'eus le pressentiment qu'en brisant ce dernier, je m'étais moi-même détruite. Cela m'effraya et je me laissai emporter par la jouissance pour ne plus y penser.

Nous demeurâmes longtemps enlacés et silencieux. Ce n'était pas pour goûter le moment de paix qui suit généralement l'amour, mais plutôt parce que nous n'avions plus rien à nous dire. Cela se devinait dans la nature même de notre silence, dans la position de nos corps qui se séparaient plutôt qu'ils ne s'accordaient, dans nos regards qui s'esquivaient. Pourtant et c'était pour moi l'essentiel, nous demeurions quand même l'un à côté de l'autre, réunis par je ne savais quelle complicité trouble et exigeante. Et je voulais toujours appeler cela l'amour.

« Je t'aime, Merlaud », dis-je doucement.

Il bougea, hésita un instant à se retourner, probablement à la recherche de ses mots puis il m'embrassa. Un baiser violent, profond, presque pathétique qui exprimait à la fois son incapacité de répondre, mais aussi une sorte de connivence. Puis il se leva et s'habilla rapidement. Je ne le retins pas. Cela n'avait pas beaucoup d'importance. Nous serions amenés à nous revoir souvent…

Alors que je sortais de chez Jeanne, je fus surprise par la lumière forte et blanche qui brouillait le paysage. Il existait comme un air de fête dans ce tableau et je décidai de monter à Vézelay y admirer la campagne jusqu'au Morvan.

Je roulais lentement, encore pleine de Merlaud et heureuse de sa fuite qui, à n'en pas douter, dissimulait son trouble. Bientôt j'arrivai à Saint-Père et entamai la montée qui menait au bas du village.

Je tournai la tête pour admirer les reflets mordorés du soleil à la cime des arbres quand le moteur toussota. Une centaine de mètres plus loin la voiture s'arrêta. Je jetai un coup d'œil à la jauge. Le réservoir était vide. Il ne me restait plus qu'à faire demi-tour, me mettre dans la pente et m'arrêter à la station-service de Saint-Père.

Je pestais pour me rassurer. En fait je voyais dans

cette panne la main de Dieu qui me refusait l'accès au lieu saint parce que je ne le méritais pas. Ainsi se trouvait vérifiée la croyance de ma mère à laquelle j'avais toujours plus ou moins adhéré. Cela m'angoissa tellement que, le plein effectué, je rentrai directement à Saint-Germain.

J'y arrivai par la route du cimetière. A un moment, le mur d'enceinte effondré découvrait les tombes dont les croix plus ou moins hautes semblaient concourir pour atteindre le ciel.

Soudain j'aperçus Lucien au milieu d'elles. Je freinai brutalement tellement j'étais surprise et allai le rejoindre. Il se recueillait devant la stèle de Germaine.

« Que fais-tu là ? m'étonnai-je.

— Rien de particulier ! dit-il, je venais simplement voir si l'endroit était bien entretenu comme je l'avais demandé au cantonnier.

— Quelle sollicitude ! Du vivant de Germaine tu ne lui en témoignais pourtant pas autant ! »

Il conserva les yeux fixés sur la pierre tombale et ne répondit pas. Je continuai.

« Tu sais, Germaine t'aimait bien cependant... »

J'arrêtai là, trouvant quelque peu ridicule de m'attendrir ainsi à un tel moment.

« Ça y est ! J'ai démissionné ! » lâcha Lucien.

Bien que je m'y attendisse, cela me surprit. C'était quand même mettre un terme à quinze années d'ambition et de luttes pour le pouvoir.

« Dommage, rétorquai-je, tu aurais dû continuer à lutter...

— Peut-être, mais on ne se bat pas contre l'inéluctable ! Ça fait longtemps que j'ai perdu cette bataille... »

Je m'attendais à ce qu'il me donnât quelque autre explication, mais il s'absorba dans ses pensées.

J'étais contente que d'une certaine manière nous nous retrouvions tous les deux avec ma sœur. C'était comme une mise au point qui n'avait jamais eu lieu entre nous. Je pouvais prendre Germaine à témoin, et lui redire en moi-même quel salaud était Lucien et combien il avait mérité ce qui lui arrivait. Elle pouvait admirer avec quelle malignité j'étais parvenue à réduire ce monstre d'orgueil, et se considérer vengée puisque je l'étais moi-même. Elle m'avait d'ailleurs fortement soutenue. Depuis sa mort, elle m'avait sans cesse accompagnée, et parfois m'avait redonné le courage et la volonté nécessaires pour mener mon œuvre de destruction jusqu'à son terme.

Lucien et moi sortîmes quelques minutes plus tard. Bêtement je tentai d'alléger mon pas pour éviter de faire crisser le gravier. J'avais toujours détesté ce bruit !

Il prit place dans la voiture.

« Désormais, me confia-t-il avec une pointe d'amertume, je n'ai plus rien à faire à la mairie ! »

Quand nous débouchâmes dans la cour de la ferme, nous aperçûmes l'automobile de Louvois. Lucien voulut repartir aussitôt. Il ne désirait plus avoir de rapports avec quiconque. Je lui fis alors valoir que le notaire était tout à fait capable de faire le siège de la maison et qu'il valait mieux pour tout le monde qu'il y eût une franche explication entre eux. Lucien finit par accepter mais à contrecœur.

Nous trouvâmes Louvois attablé dans la cuisine devant un verre de fine que Julie lui avait servi. Lorsqu'il nous vit, il jaillit de son siège et se précipita vers Lucien qu'il accrocha par la manche.

« Il faut que je te parle ! Il faut que je te parle ! » répéta-t-il.

Julie haussa les épaules de répugnance et se remit à la tâche. Moi-même je m'inventai une occupation, tandis que Lucien entraînait le notaire vers notre chambre. J'imaginai qu'il avait besoin de quelques documents se trouvant dans le secrétaire.

Julie bougonna que Louvois avait beau être gros, cela ne suffisait plus pour contenir sa peur. Elle avait eu le temps de s'en rendre compte. Il se trouvait là depuis près d'une demi-heure à lui bassiner les oreilles avec les ragots qui couraient en ville sur le compte de M. Lucien.

Elle s'assit à la place qu'il occupait et se mit à le mimer en projetant son ventre en avant.

« Vous comprenez, c'est grave, Julie, c'est grave ! A raconter n'importe quoi, ils vont finir par avoir notre peau ! »

Elle se tourna vers moi.

« Eh bien pourquoi auraient-ils la vôtre ? je lui ai demandé. Il m'a alors répondu que M. Lucien et lui, c'était comme les deux doigts de la main.

Bien sûr j'ai voulu savoir qui étaient ces fameux « ils ». Mais là il est resté muet comme une carpe ! »

Soudain on entendit retentir la voix de Lucien derrière la porte de notre chambre.

« Mais bon dieu ce n'est pas de ma faute si tu as marché avec… »

La suite de la phrase se perdit dans le brouhaha des chaises remuées.

« Je veux ficher le camp… répliqua Louvois.

— Il n'y en a pas… assura Lucien.

— Mais merde on peut tous les acheter, j'en suis sûr moi ! Ou alors on les balance. Mais on fait quelque chose ! continuait le notaire d'une voix aiguë, ce n'est pas à nos âges qu'on va se laisser emmerder !

— Tu fais ce que tu veux ! lança Lucien, mais je te répète qu'il est trop tard. Il est des moments où dans la vie on se retrouve seul… »

Il ouvrit la porte.

« Tu en as de bonnes, toi ! » gémit Louvois en empruntant le couloir.

Julie et moi affectâmes d'être absorbées par la préparation du dîner. Lucien poussait presque Louvois dehors. Ce dernier marmonna un vague bonsoir avant de sortir.

Les deux hommes s'éloignèrent. Ils discutèrent encore un moment, puis apparemment excédé, Louvois grimpa dans sa voiture et démarra brutalement en brandissant le poing dans la direction de Lucien. Celui-ci demeura immobile à fixer le portail de la ferme.

Je me demandai ce qui pouvait bien se passer dans sa tête. A partir des bribes de la discussion que j'avais entendues je tentai de reconstituer le secret qui les unissait, mais j'abandonnai bientôt.

9.

Il sortit le soir après dîner. Il paraissait si sombre que personne n'osa lui demander où il allait. Les enfants me regardèrent, l'air inquiet.

« Qu'est-ce qu'il a papa ? » s'inquiéta Gérard.

— Ce que je sais, mon garçon ! Des soucis probablement ! répondis-je.

— Mais il ne t'en parle jamais ? insista Colette.

— Si ! Si ! » affirmai-je.

Tous les deux me dévisageaient avec sévérité, comme s'ils attendaient autre chose, quelques mots qui les eussent rassurés. Je ne trouvai rien à dire.

« Et alors, s'étonna Gérard avec cette effronterie qui avait le don de me mettre hors de moi, tu ne peux pas l'aider ? »

Je me mis en colère et me levai.

« Aidez plutôt Julie à débarrasser ! Ce que je dois faire ou non ne regarde que moi ! »

La domestique, qui ne perdait jamais une occasion de me témoigner son hostilité, leur fit signe de demeurer assis.

« Restez donc à discuter avec votre mère, je me débrouillerai bien toute seule ! »

Folle de rage, je sortis et allai m'enfermer dans la chambre.

J'étais couchée depuis longtemps déjà. Lucien n'était toujours pas là, et je guettais le moindre bruit qui indiquerait son retour. Je n'avais pas particulièrement envie de le sentir à mes côtés mais la force de l'habitude s'imposait. Je découvrais qu'on pouvait très bien dormir à côté de quelqu'un qu'on haïssait, et peut-être même en ressentir le besoin ?

J'étais irritée de ne pas savoir où il se trouvait et de devoir échafauder toutes sortes d'hypothèses à ce propos. Avait-il fui, comme pouvait le laisser supposer sa discussion avec Louvois ? Avait-il retrouvé sa maîtresse quelque part dans la région et l'avait-il rejointe ? Je finis par l'imaginer avec le notaire en train de déterrer l'or du « Chat » qu'ils auraient enfoui quelque part dans la propriété. Ils se le partageaient. Je m'endormis avec cette vision dans la tête.

Quand il entra dans la cuisine vers sept heures, il paraissait avoir vieilli de plusieurs années. Il n'avait certainement pas dormi. A ses yeux rougis et brillants je devinai qu'il avait beaucoup pleuré. Je lui servis une tasse de café.

« Eh bien ? D'où viens-tu ? » lui demandai-je.

Il me dévisagea alors en silence. Je crus discerner dans son regard comme de la pitié à mon égard. Cela me mit mal à l'aise, et je ne reposai pas ma question. Julie se retourna.

« Qu'est-ce que vous voudrez manger ce soir, monsieur Lucien ? »

Il lui sourit.

« Un civet de lapin... Vous savez avec des...

— Ne vous bilez pas, monsieur Lucien... Ce n'est pas nécessaire de me donner la recette ! Je sais comment il faut le faire, va ! »

Il se leva pour partir. Il embrassa Julie comme cela lui arrivait parfois, puis vint vers moi. Ses lèvres effleurèrent les miennes.

« Ne t'inquiète pas, dit-il doucement, tout va très bien ! »

Je ne répondis rien. Il alla jusqu'à la fenêtre et scruta le ciel.

« Le temps semble plus clément ce matin, je vais aller chasser du côté de Luzy ! »

Il décrocha son fusil du râtelier et emplit ses poches de quelques cartouches. Robert lui proposa de l'accompagner mais il refusa.

« Pas aujourd'hui, expliqua-t-il, j'ai besoin de réfléchir... »

L'ouvrier parut en être affecté, mais n'insista pas. Lucien sortit avec Grognard sur les talons et prit le chemin de la forêt.

Cela allait être bientôt l'heure du dîner. Je le préparais en compagnie de Julie et Colette qui avait absolument tenu à faire une tarte selon une recette de leur instituteur. Cela m'avait mise de mauvaise humeur.

« Il ferait mieux de vous apprendre le calcul, lui

avais-je dit lorsqu'elle s'était mise à pétrir la pâte, ça vous serait plus utile ! »

Evidemment Julie avait pris sa défense en me faisant remarquer qu'une femme devait toujours savoir faire la cuisine.

J'étais également irritée par l'absence de Gérard. Dès son retour de l'école il s'était sauvé pour jouer avant même que j'eusse pu lui dire quoi que ce fût. Probablement devait-il être encore fourré dans sa cabane !

« Va chercher ton frère ! demandai-je à Colette, ce soir il doit mettre la table.

— Oh non ! Il faut que je surveille la cuisson ! »

J'allais la pousser dehors quand il entra. Le teint blême, les yeux hagards et gonflés, il se précipita tel un automate en sanglots dans les bras de Julie qui venait à sa rencontre.

« Qu'y a-t-il, mon chéri ? » m'inquiétai-je.

Il ne répondit pas tout de suite. Julie tentait de calmer ses convulsions en le serrant avec force dans ses bras. Seuls quelques sons indistincts sortaient de sa gorge. Je réitérai ma question, et m'approchai soudain inquiète. Alors il se retourna, et avec effort réprima ses hoquets. Juste le temps d'énoncer quelques mots :

« Papa est mort... Dans la maison abandonnée... »

Puis n'en pouvant plus de lutter contre sa peine, il se remit à pleurer, la tête appuyée contre la maigre poitrine de la domestique.

Colette, l'air égaré, se mit à répéter : « Papa !... Papa ! » d'une voix tremblotante. Moi-même, hébétée, je m'approchai d'elle, l'étreignis et éclatai en pleurs.

Avec l'aide de Robert et de Clovis que j'avais tout de suite appelés, nous allâmes chercher le corps. Il gisait sur le sol, la mâchoire affreusement mutilée par la chevrotine. Avec les hommes je me recueillis devant lui quelques instants. Mon chagrin, réel cette fois-ci, ne parvenant pas à étouffer mes remords naissants, je n'osai m'agenouiller pour le prendre dans mes bras. Je ne comprenais pas. Cela lui ressemblait si peu de s'être donné la mort.

Robert et Clovis placèrent le cadavre sur un vieux brancard que le cafetier avait déniché dans la réserve des pompiers, puis le transportèrent jusqu'à la maison. On l'allongea sur le lit. Louis, le médecin arrivé entre-temps, se mit aussitôt à arranger son visage pour qu'il fût à peu près présentable et signa le permis d'inhumer.

Julie, Robert et moi le veillâmes toute la nuit avec Colette et Gérard. Curieusement je me trouvais seule d'un même côté, face à la vieille servante et aux enfants, tandis que Robert demeurait debout près de la porte pour ouvrir aux visiteurs qui venaient s'incliner devant la dépouille.

Cela n'arrêtait pas de défiler. Des notables de la commune bien sûr, mais aussi des gens d'Avallon et des villages voisins que je ne connaissais pas. Je découvrais combien Lucien était aimé. La plupart pleuraient avec une sincérité évidente et me disaient leur peine avec une compassion émouvante. Les plus réservés m'assuraient qu'ils lui devaient beaucoup et qu'ils ne l'oublieraient pas. D'autres, plus vindicatifs, me faisaient comprendre qu'on le vengerait ! Qu'on aurait la peau de ces scribouillards criminels, seulement capables de remuer la merde !

J'espérais que Merlaud viendrait. J'éprouvais terriblement le besoin de lire dans ses yeux qu'il partageait avec moi la responsabilité de ce qui arrivait et qu'il me soutenait. J'avais même envie qu'il me serrât dans ses bras et me donnât du courage pour affronter les regards accusateurs des autres qu'il me faudrait encore soutenir durant toute la nuit.

C'était insupportable. Dans la lueur mouvante des bougies, les visages de Julie et des enfants prenaient des masques effrayants. La fatigue aidant je les voyais tels des démons jaillis de dessous le lit, et prêts à me saisir si je m'endormais. Parfois ils paraissaient m'adresser des sourires cyniques, et Robert toujours debout semblait désormais vouloir m'interdire de sortir. L'hostilité, la haine même qui émanaient de leurs yeux fixes, de leurs corps raidis par le chagrin me paralysaient au point que je n'osais plus bouger de mon tabouret. J'étais certaine qu'ils savaient tous un peu ou beaucoup de mon attitude envers Lucien, et d'un instant à l'autre je m'attendais à ce que Julie ou l'un des enfants m'accusât à voix haute de l'avoir tué.

De temps en temps je regardais furtivement son visage cireux enrubanné et tentais à nouveau de comprendre. Enfin quoi ! Un homme qui allait se supprimer, cela se sentait ! Surtout quand on avait vécu quinze années à ses côtés ! Lucien m'était-il donc si étranger que je n'avais pu le deviner ? Je me sentais flouée. Ma vengeance venait d'avorter comme l'amour que je vouais à Germaine. D'ailleurs je lui trouvais une ressemblance avec Lucien, presque une complicité dont j'étais jalouse. En choisissant de se donner la mort, ils m'avaient exclue de la même manière.

Au petit matin, les enfants épuisés par la veille s'endormirent sur leur chaise. Julie, qui récitait son chapelet, s'interrompit et les mena à leur chambre. Robert s'éclipsa à son tour en prétextant l'arrivée imminente des croque-morts.

Je n'osai demeurer face au cadavre et me promenai dans la pièce, avide des souvenirs que chaque chose pourrait éveiller en moi. Une manière de m'occuper pour ne pas trop penser à ce remords insistant qui commençait à me tarauder l'esprit. Je cherchais à me justifier en me raccrochant à cette idée que Lucien m'avait trompée, mais curieusement cela s'avérait inopérant. Je l'avais tué !

Je ne parvenais pas à me calmer. Chaque portrait ou bibelot me renvoyait un reproche. J'hésitais à ouvrir le secrétaire de peur qu'il me livrât une preuve de ma culpabilité. Et puis, Julie, Robert, ou les enfants ne m'épiaient-ils pas derrière la porte close de la chambre ?

J'ouvris la fenêtre et jetai un coup d'œil à l'extérieur pour reconnaître la cour et les bâtiments. C'était désert. Même plus de poules en train de picorer... Les portails de l'étable et de l'écurie étaient clos. Le silence pesant qui régnait alentour m'oppressait. J'eus cette vision que les lieux avaient été abandonnés de tous et que je me retrouvais seule à côté d'un mort. Je sortis de la chambre en réprimant un cri, et courus jusqu'à la cuisine où j'entrai tout essoufflée.

Julie et Robert, assis de chaque côté de la table devant une tasse de café, ne bougèrent pas. Ils me jetèrent un regard indifférent et replongèrent à nouveau dans leurs pensées. Je ne savais quelle attitude adopter. Heureusement l'arrivée des pompes funèbres fit diversion. Je leur demandai de mettre immédiatement Lucien en bière, pour que les enfants n'eussent pas à y assister. A cette occasion on découvrit Grognard sous le lit qui s'en échappa en grondant.

Quand le cercueil fut refermé, je respirai mieux. Je n'aurais plus ce visage brisé devant les yeux ! Aussitôt après je partis marcher dans la campagne. Je me dirigeai vers la maison abandonnée. J'avais envie de revoir l'endroit de sa mort. Toujours pour essayer de comprendre…

Je la visitai de fond en comble. Je remuai les quelques babioles qui traînaient, ouvris les tiroirs d'un vieux vaisselier délabré dans l'espoir d'y trouver un papier. Je cherchai sur les murs une inscription quelconque. Réflexes imbéciles qui ressemblaient à ceux d'un gendarme à la recherche d'un indice. Mais était-ce si étonnant ? Il y avait bien eu meurtre et j'étais la criminelle ! Je ne pus supporter cette idée et m'éloignai en courant vers la ferme.

L'enterrement eut lieu le lendemain matin. Malgré l'opposition du curé de Saint-Germain, quelques membres influents du Conseil municipal avaient pu obtenir de l'évêque que Lucien fût mis en terre religieusement.

L'assistance était considérable. Dès la sortie de la messe de nombreuses personnes voulurent m'exprimer leur sympathie. Clovis, très prévenant, tâcha de me protéger en me frayant un passage dans la foule et demeura à mes côtés durant la marche vers le cimetière. Je lui en savais gré, les enfants ayant refusé tout net de se trouver au premier rang.

Durant l'inhumation je ne pleurai plus. Je n'en avais pas envie. J'avais réussi à m'extraire momentanément de la réalité et être insensible à ce qui se passait. Il s'agissait d'une sorte de spectacle auquel j'assistais aux premières loges.

Quand la descente du cercueil au caveau fut terminée, le long rituel des condoléances commença. Derrière ma voilette noire je scrutais les visages apitoyés des personnalités qui défilaient. Toutes, du président du Conseil général au secrétaire de la Mairie, tenaient une phrase prête pour me vanter les mérites de Lucien. « Un homme si bon et si efficace... Généreux... Courageux... » Certains anciens combattants, couverts de médailles, parlaient même de héros. Puis vinrent ceux que je connaissais bien. Louvois d'abord, l'œil sec, un léger sourire de soulagement flottant sur ses lèvres. Clovis ensuite qui me glissa à l'oreille qu'il passerait me voir un peu plus tard à la ferme. Et enfin Merlaud dont j'attendais le plus grand réconfort... Comme il était le dernier je gardai sa main dans la mienne.

« Je pars demain à Paris, m'annonça-t-il, la direction de *L'Echo* m'y a nommé correspondant. »

J'éprouvai une violente sensation de vide et m'accrochai à son bras.

« Mais Merlaud... bafouillai-je, ce n'est pas possible. Pourquoi ?

— Ils considèrent que j'ai fait un excellent travail.

— On peut se revoir avant...

— Je ne crois pas. »

Il parvint à se libérer de mon étreinte, et s'éloigna à pas lents sans se retourner.

Je ne bougeai pas et me remis à pleurer. Le curé d'Avallon, qui était demeuré recueilli un peu plus loin, s'approcha et accrocha mon regard. Derrière mes larmes j'aperçus son visage sévère et déformé par la douleur.

« Je vous plains, Louise, murmura-t-il entre ses lèvres pincées. Il est des compagnons parfois plus difficiles à vivre que le pire des hommes. Son remords par exemple... »

Sans ajouter un mot il s'en alla. Je cherchai les enfants et Julie des yeux. Ils étaient déjà sortis du cimetière. Clovis et Robert discutaient ensemble près de la grille. Je les rejoignis. Ils me soutinrent jusqu'à la voiture où je m'affalai sur le siège arrière. Je sanglotais mais je ne savais plus pourquoi. Le chagrin se mêlait au repentir et à un sentiment de solitude insupportable. Je n'avais plus qu'une idée, dormir et oublier.

Le lendemain matin je me levai très tôt. Grâce au somnifère que m'avait donné Louis, je me sentais assez reposée. J'arpentai la cour durant un long moment, et fis le tour des bâtiments. Par une étrange magie de l'esprit, j'avais l'impression de visiter des lieux inconnus. Il existait comme un divorce entre cette ferme et moi, cette basse-cour imbécile qui courait dans tous les sens, et ces machines-outils qui paraissaient soudain bien inutiles.

Pourtant je me convainquis aussitôt que tout cela devait continuer à vivre. Chacun à notre place nous continuerions à accomplir notre tâche et un jour Gérard reprendrait l'exploitation du domaine avec un Robert vieillissant qui le suivrait toujours à la trace. Colette épouserait un notable quelconque qu'elle n'aimerait pas, mais qui la mettrait à l'abri du besoin. Quant à Julie, probablement finirait-elle ses dernières années dans sa cuisine qui renfermait le monde ? Je m'y rendis justement, ne voulant pas penser à ce que moi-même j'allais devenir. Je fus surprise de les trouver tous attablés autour de la grande table. Julie et Robert côte à côte buvaient un café face aux enfants qui mâchaient leur pain sans appétit.

Dès que je fus entrée, Gérard se leva et me fit face.

« Colette et moi voulons aller en pension ! » dit-il avec assurance.

J'étais tellement stupéfaite que je demeurai muette.

« Maintenant que papa est mort, reprit-il, ce n'est plus la même chose !

— Mais enfin ! m'exclamai-je, ça peut attendre, non ? Finissez l'année scolaire et...

— Non ! s'écria Colette, on veut y aller dès demain ! »

Elle se mit aussitôt à pleurer, ce qui était chez elle une manière de se donner du courage.

Je parvins à conserver mon calme, et leur demandai de sortir un petit moment. Nous réglerions ce problème un peu plus tard mais auparavant je souhaitais parler avec Julie et Robert en tête à tête. Ils s'en allèrent l'un derrière l'autre, aussi raides qu'à la parade.

Je m'assis face aux deux domestiques.

« Vous savez, commençai-je, rien n'est changé...

— Pour moi, si ! m'interrompit Julie. Je crois que j'ai assez travaillé comme ça dans ma vie. Je vais prendre un peu de bon temps avec les trois sous que j'ai économisés. J'ai une cousine dans le Morvan qui vit seule et qui est prête à m'accueillir... »

Sa décision paraissait tellement arrêtée que je ne tentai même pas de la persuader de rester. Et puis je n'éprouvais pas à son égard ce sentiment de fidélité qu'ont parfois les maîtres pour des serviteurs après les avoir fréquentés durant plusieurs années. Je me tournai vers Robert.

« Et vous ?

— Je m'en vais aussi, dit-il presque craintif, je préfère... Sans monsieur le maire ce n'est plus la même chose.

— Vous savez, Robert, je crois que vous avez tort, lui fis-je remarquer, je suis prête à faire de vous le régisseur du domaine et...

— Non ! Non ! Merci madame ! Ce n'est pas la peine ! Sans monsieur le maire ce n'est plus la même chose ! »

J'allais à nouveau essayer de le convaincre quand Clovis fit irruption dans la pièce. Il marmonna un vague bonjour et posa devant moi une enveloppe que je reconnus. Elle faisait partie du nécessaire à courrier que j'avais offert à Lucien pour Noël.

« Tiens ! dit-il, on l'a trouvée dans un tiroir de son bureau. Comme elle est à ton nom je te l'ai apportée. Ne t'inquiète pas, personne ne l'a ouverte... »

10.

« Louise,

Demain matin, comme je le fais depuis des années, je partirai à la chasse, mais cette fois-ci je m'arrêterai définitivement à la maison abandonnée. Cette demeure qui t'a tellement intriguée... Comment pouvait-il en être autrement ? Elle était un autre monde, l'autre monde même. Celui où durant des mois j'ai eu la sensation que le temps pouvait s'arrêter et que le bonheur existait.

Te rappelles-tu le texte de la carte postale que tu n'as même pas su remettre en place après avoir fouillé dans le secrétaire ? Si tu souhaitais que je ne visse rien, il eût fallu la replacer au 17 juin. C'est ce jour-là, en effet, que Germaine me l'envoya pour me faire comprendre qu'elle acceptait de m'attendre à cet endroit pour la première fois. “ D'accord, pour la moisson ce soir... ” Dans son langage à la fois si imagé et si dépouillé, elle m'invitait à l'amour. Un mot dont j'avais oublié jusqu'à l'existence après toutes ces années passées à côté de toi, et non avec...

Notre union avec ta sœur fut totale au point de nous apercevoir que l'un sans l'autre nous n'étions rien...

Notre passion s'est découverte doucement, presque à notre insu. Au fil des rencontres familiales durant lesquelles nous nous regardions, bavardions tels des parents alors qu'en fait nous nous cherchions. Et nous découvrîmes ainsi que nous nous aimions. Si Germaine était moins belle que toi, elle avait une générosité de soi-même que tu ne connaîtras jamais et qui la transfigurait au point d'en faire une femme irrésistible. Elle savait donner son corps, son temps, sa joie de vivre sans calculer. Juste pour que le plaisir de l'autre et le sien propre fussent complets et donnent son sens à la vie, comme elle aimait me le répéter.

Elle ne se posait d'ailleurs jamais comme ta rivale dans le sens où elle n'envisageait pas un seul instant de vivre avec moi, et donner à notre liaison un caractère conventionnel. Elle voulait simplement que chaque fois que nous nous retrouvions, nous vivions notre amour au-dessus de nos forces... Et c'est justement ce qui est arrivé. Par cette loi même de l'amour qui veut que celui-ci soit conquérant, elle n'a bientôt plus accepté que nous nous retrouvions à la sauvette, que nous cachions la lueur de nos lampes-tempête lorsque nous allions nous rejoindre la nuit tombée, qu'enfin nous simulions l'indifférence devant les autres et toi surtout qu'elle haïssait. En fait elle n'a pas toléré que les usages de la vie fussent justement plus forts que l'amour. C'est pourquoi elle est partie sans prévenir, et que je vais la rejoindre.

Moi-même elle m'a pris au dépourvu. Je n'ai jamais rien pressenti de son projet. Et le jour de l'enterrement, j'étais encore tellement hébété face à cette réalité inadmissible, que je croyais pouvoir m'en tirer. Pourtant, la décision de l'imiter, je l'ai prise peu après. En même temps peut-être que tu tramais ta méprisable machination...

En effet, Louise, j'ai su beaucoup de tes manigances, et probablement ai-je tout compris de ton plan destructeur ?

En guise d'adieu je ne résiste pas au plaisir de te rappeler quelques instants où tu t'es trahie, des paroles maladroites qui t'ont dévoilée, et certains de tes déplacements qui annonçaient toujours de nouvelles intrigues.

Tout a commencé un soir de la mi-novembre. J'allais repartir d'Avallon après une réunion de la Coopérative quand le brave curé de Saint-Lazare, qui m'attendait dehors, m'engagea à le suivre à son presbytère. Durant tout le parcours que nous fîmes à pied, il ne voulut rien me dire. Cela m'intrigua mais je ne le questionnai pas. Je lui faisais confiance, pour ainsi dire depuis toujours, puisqu'il m'avait baptisé à ma naissance.

Dès que nous fûmes assis il me confia tout ce que tu lui avais raconté quelques jours auparavant, à moitié vrai, à moitié faux, avec l'espoir certainement qu'il ne saurait tenir sa langue et rapporterait tout à sa fidèle Berthe. Tu ne t'es pas trompée sur ce point ! D'ailleurs, l'abbé se garda bien de me dire qu'effectivement il avait déjà bavardé avec elle avant que nous nous voyions, ce qui t'expliquera que je fus surpris lorsque les premiers ragots me revinrent aux oreilles.

Maintenant que je ne verrai plus le soleil se coucher à nouveau, je peux te dire la vérité et tes vérités à propos de tes racontars.

C'est vrai, j'ai dérobé l'or du Chat en compagnie de Louvois, et cela nous servit à l'un et à l'autre pour asseoir nos fortunes respectives. Mais nous ne l'avons pas dénoncé. Nous ne nous étions pas battus pendant près de trois années dans la clandestinité pour envoyer un camarade au peloton. J'aimerais pouvoir te dire qui l'a fait pour que ton ami Merlaud puisse disposer d'une information exclusive, malheureusement je n'en sais rien.

Le jour de son arrestation nous devions effectivement nous rencontrer tous les trois pour établir les plans de quelques attaques futures. Avec Louvois nous arrivâmes au moment même où les Allemands investissaient sa demeure, isolée sur la rive du Crescent. Bien sûr nous demeurâmes cachés jusqu'à ce que le convoi ennemi fût reparti. Que pouvions-nous faire, à deux, face à une meute de SS ?

Peut-être n'aurions-nous pas eu l'idée d'emporter ses lingots, si nous n'avions pas eu celle d'aller fouiller la maison pour y détruire d'éventuels écrits ou plans que les autres n'auraient pas récupérés. Nous ne trouvâmes rien, ce qui n'était pas étonnant de la part d'un homme tel que Le Chat. Par contre nous découvrîmes sa planque. Un hasard. Alors que nous sondions les murs de sa cave l'un d'eux sonna creux.

Comment as-tu su tout cela ? Longtemps je me suis interrogé, et puis j'ai renoncé à trouver une quelconque réponse. Déjà, le goût de vivre m'avait abandonné...

Tu entretins aussi le curé d'une aventure que j'aurais eue avec une femme d'Avallon et d'une petite fille qui en serait née. Cette calomnie serait la plus sordide de tes inventions si elle ne dénonçait pas ta folie quelque peu excusable. Cet immonde cancer qui a gangrené notre union dès la naissance de Colette sans que je comprisse pourquoi.

Tu es folle Louise ! Folle de haine à l'égard de toutes et tous, comme s'ils étaient responsables de tes souffrances intimes. J'ai souvent tenté d'en comprendre l'origine. Cependant, je l'avoue, je n'y suis pas parvenu. Seule Germaine a pu m'éclairer mais il ne s'agissait que des bribes d'un passé enfoui dans sa mémoire incertaine. Elle m'a décrit, par exemple, tes attitudes déjà exceptionnellement méchantes lorsque tu étais gamine, ton goût immodéré pour raconter des histoires sur tes camarades de classe, tes instituteurs ou même le personnel de votre ferme au risque d'en compromettre injustement quelques-uns. Quand elle me parlait de toi, elle te surnommait la teigne. Tout un symbole, tu en conviendras !

Par contre, si je n'ai pas saisi les causes de cette folie, j'ai beaucoup souffert, avec d'autres, de ses manifestations. Que ce fût à l'égard des enfants, et plus particulièrement Colette, qui cherchait l'affection d'une mère et ne trouva que la sécheresse d'une marâtre, ou encore envers Julie et Robert que tu traitais comme des esclaves. Heureusement ceux-ci avaient le cuir dur… Une seule fois tu as commis une erreur au sujet de Julie. Quand tu as cru que j'allais la renvoyer sur une seule injonction de ta part. C'était méchant mais surtout idiot. Comment pouvais-tu imaginer que j'allais gommer plus de vingt années d'une complicité quasi filiale avec elle pour la seule raison qu'elle avait osé te répondre alors que tu l'insultais ? Une fois de plus ta méchante folie t'aveuglait. Comme souvent depuis la mort de Germaine, au point de te masquer le véritable caractère des individus. Celui de Clovis par exemple qui n'a pas pu se retenir de me révéler ta liaison avec Merlaud, uniquement parce qu'il croyait me sauver et préserver ainsi son siège de conseiller municipal.

C'était quelques jours avant la partie de chasse. Avec sa délicatesse habituelle il me raconta comment il t'avait observée chez la Jeanne en train de te vautrer dans les bras de ce plumitif. Tu avais dû oublier que l'œilleton qui te découvrait la chambre mitoyenne permettait aussi de voir la tienne. Sur l'instant je ne l'ai pas cru. J'ai même manqué me battre avec lui ! Mais si Clovis est opportuniste, il est aussi intelligent. Et il a eu vite fait de me prouver la véracité de ce qu'il avançait.

Un temps j'ai caressé le projet de vous surprendre, Merlaud et toi, mais j'ai vite abandonné cette idée. Je n'avais pas envie de mettre les pieds chez la

Jeanne, où je n'étais jamais allé, mais surtout je vivais déjà trop avec le souvenir de Germaine pour perdre une seule seconde à jouer au chat et à la souris avec toi. Désormais je savais l'essentiel.

Paradoxalement, tes agissements me donnèrent du courage et me permirent de conserver jusqu'à la fin une certaine sérénité. En effet, savoir d'où vient le danger est déjà très rassurant.

Au début j'ai voulu lutter pour conserver l'acquis de tant de travail et de sacrifices aussi. On ne se défait pas instantanément de réflexes vieux de vingt ans pour conquérir le pouvoir ! Mais très vite, le chagrin que je tentais ainsi de dissimuler a repris le dessus. L'absence de Germaine devenait chaque jour plus intolérable. J'avais tout le temps envie de pleurer, et je devais me sauver de la maison ou profiter de certaines occasions comme la messe pour me laisser aller. Je te revois en train de t'inquiéter le soir de Noël alors que nous revenions à la maison pour le réveillon. Plus tu me questionnais plus j'étais dégoûté...

Avec ta méconnaissance des hommes, tu as oublié également la perspicacité de Julie, qui t'avait découverte sans trop savoir le détail de ce que tu tramais. A l'aide de ses phrases toujours ambiguës, mais que j'avais appris à déchiffrer depuis longtemps, elle me découvrit elle aussi une part de la vérité. Elle voyait se métamorphoser ta silhouette, ta démarche, et même ta manière de parler. Elle sentait " l'homme au bout du chemin ", comme elle me lâcha un jour en parlant de toi. Mais ce n'est pas cela qu'elle te reprochait. Elle t'en voulait surtout parce que tu la méprisais. Cette attitude qui t'a attiré l'inimitié de Robert et de bien d'autres.

A plusieurs reprises je me suis rebellé contre la marche inexorable des événements. Surtout quand je te tenais dans mes bras. Combien de fois ai-je eu l'envie de tout t'avouer, de tenter le jeu de la vérité ! Mais toujours, une parole, un regard malheureux de toi, ou je ne sais quelle infime maladresse de ton corps m'en dissuadèrent. Je finis par me convaincre qu'il était trop tard, et d'acteur de l'existence j'en devins un spectateur encore plus indifférent.

Ce renoncement à la vie s'est d'ailleurs accentué le jour où est arrivée ta première lettre " presque " anonyme... Tu étais tellement reconnaissable derrière les mots. La même histoire ridicule que tu avais déjà servie au curé quelques semaines auparavant. Comment as-tu pu inventer que je t'avais trompée avec cette Jacqueline dont je sais seulement qu'elle était la secrétaire de Louvois ? Peut-être parce que ton esprit malade en avait besoin pour alimenter sa propre perversion ? Mais peu importe... J'aurais pu rire de cette missive si elle n'avait témoigné de tant d'acharnement, de haine, de machiavélisme aussi. Plus le temps passait, et plus ta machination s'enrichissait de nouvelles ruses.

J'en fus tellement écœuré que je préférai me réfugier plus souvent dans la maison abandonnée pour tenter d'y retrouver quelques traces du bonheur que j'avais partagé avec Germaine. Les murs, bien qu'ils fussent recouverts de salpêtre, et les meubles même moisis me l'évoquaient encore, belle, brillante et joyeuse… Je comprenais en même temps pourquoi les enfants s'y trouvaient aussi bien. Probablement y respiraient-ils, eux aussi, un air plus pur qu'à la ferme ?

Ma dernière pensée va justement à eux. Ils n'ont pas eu de mère, ils n'auront plus de père. Mais je sais que même mort, ils me pardonneront plus facilement qu'à toi vivante…

Lucien. »

Aubin Imprimeur
LIGUGÉ, POITIERS

Achevé d'imprimer en décembre 1988
N° d'édition 14635 / N° d'impression L 30284
Dépôt légal, décembre 1988
Imprimé en France